雨にも負けず

ITベンチャー奮闘記

高杉 良

角川文庫
22382

目次

はじめに

山陽新聞《さんようしんぶん》digital（さんデジ＝二〇一四年十二月四日）は、〝【おかえりなさい】北野《きたの》譲治《じょうじ》さん（51）イーパーセル社長〟の見出しとカラー顔写真付きでインタビュー記事を報じた。以下に一部を引用する。

国内外の六三〇〇社と電子宅配契約

――イーパーセルの業務内容は。

一口でいうと『電子宅配便』というか、あるいは『ネット上の国際物流会社』といってもいい。顧客が持っている秘匿性の高い大容量データをネット上で安全、確実に配送する電子物流サービスを提供している。これまでCADをはじめ、大容量のデータの伝達は、安全性や確実性を重視するため、DVDなどのファイルに書き込んで配送するケースが多かった。そうなると物理的に相手先に情報が届くまでに日数がかかり、書き込みや発送などの煩雑な作業が必要で、人件費をはじめコストも高くなる。当社のサービスを利用すれば通信環境が劣悪な東南アジア諸国、南米であろうと確実にネットで伝送できる。特にアジア地域に工場などを進出している国内企業の出先との相互のデータのやり取りに適している。今は国内の大手をはじめ世界で約六三〇〇社と契約を結んでおり、当社の技術はグローバルスタンダードになりつつある。

――電子配送システムを支えるコアな技術とは。

特許案件なので詳しくは言えないが、やはり劣悪なネット環境の地域にも情報を安全に確実に送る世界最高水準のセキュリティーを独自の技術で開発したことに尽きる。もう少し分かりやすく言えば、送るデータを暗号化して秘匿性を確保し、通信経路にデータのコピーを残さない、通信中の回線遮断時にも自動再送機能が働き、データを回復させる。この特許技術を開発したのが当社米国法人を創業した日本人技術者で、彼はかつては防衛産業分野で戦闘機のレーダー開発にも関与していた。米国での最初の顧客は、あの大手投資銀行グループのリーマンブラザーズ証券だった。リーマンブラザーズが名もないベンチャーの当社を選んでくれたことは驚きだった。日本ではありえなかったかもしれない。

米国グーグル社を特許侵害で提訴

――北野さんが社長になって二〇一一年四月に米国での特許が侵害されたとして米国企業一三社を提訴した。訴訟に持ち込んだ最大の目的は。

訴訟相手はグーグル、ベライゾンなど通信・情報関連の大手のＩＴ企業ばかり。訴訟の段取りや係争中の煩雑な作業で本当に大変だった。結果的には一三社中一二社とライセンス契約を結び、実質勝訴した。当時は『グーグルを訴えた日本人』として米国や国内のビジネス誌などに大きく取り上げられ、僕の性格をよく知っている昔の仲間は、何でおまえが……と、びっくりしていましたよ。実は一二社からライセンス料をいただいても、和解までの段取りや苦労を考えれば、そんなに得をしたとは思っていない。本当のところ、訴訟の目的は当社のグローバルスタンダード技術を世界に、特に日本のマーケットに浸透させることにあった。日本の企業は欧米が認めた製品をグローバルスタンダードと思い、なかなか私たちのようなベンチャーを認めてくれない風土がある。それなら世界を代表するＩＴ企業の製品やサービス技術に当社の特許技術が使われていることを証明すれば、われわれの技術がグローバルスタンダードになれると。効果は予想通りで、当社の名前は一躍世界に知られ、取引を希望する企業からの問い合わせが殺到した。ブランディングとマーケティングの戦略は一応成功したと思っている。

第一章　契約社員

1

「寄らば大樹の陰というが、大企業を選択すれば、安定した暮らしが保障される。おまえほどの男なら将来、経営陣に入ることも夢ではなかろうが。県下一の朝日《あさひ》高校から早稲田大学の理工学部に合格した時はたまげた。それが、損害保険会社の契約社員になりたいなんて、信じられん」

北野の生誕日は昭和三十七（一九六二）年十二月十九日である。父は三十歳、母は二十歳だった。

北野譲治の父親、敏雄《としお》はもの悲しげな眼で息子を見すえた。

北野は両親の容貌《ようぼう》の良いところ取りをしたかのごとく、彫りが深く二重瞼《まぶた》の大きな眼が印象的だ。しかも笑顔が奇麗なので、自然に相手を惹《ひ》き込む。身長は一メートル七十六センチでがっしりした体躯《たいく》だ。

北野が久方ぶりに岡山県備前《びぜん》市穂浪《ほなみ》の実家に帰省したのは、昭和六十（一九八五）

年大晦日《おおみそか》の午後六時頃だ。両親と二歳下の妹美佳《みか》への挨拶《あいさつ》もそこそこに風呂《ふろ》に入った。

「ちょっと横になるから、食事の時間になったら起こしてくれんかなぁ」

美佳に頼んで、二階の自室で横になった。

熟睡したのだろう。目覚めたのは十一時四十五分。北野はあわててパジャマからジーパン、シャツ、セーターに着替えて、居間に顔を出した。

「何で起こしてくれんかった」

「お兄ちゃん、二回も起こしに行ったけど、ぐっすり寝とったじゃろ」

「ああ、ほんま。疲れとったんじゃろうなぁ」

「お母さん、せっかくご飯を作ってくれとったのに悪かった。ごめんなぁ」

「除夜の鐘を聞きながらの年越しの晩ご飯になってしもうたなぁ」

食卓には北野の夕食だけが用意されていた。

テレビが名刹《めいさつ》の除夜の鐘を中継し始めた。

昭和六十一年元旦《がんたん》を実家で迎えたのだ。

「明けましておめでとうございます」

北野は張りのある声を放って、両親に深々と頭を下げた。

「おめでとうさん」

「明けましておめでとうございます」

敏雄も、母の直子《なおこ》も、美佳も笑顔で応じ、御屠蘇《とそ》を酌みかわした。

母と妹の心づくしの手料理をがつがつ食べている北野に、六つの優しい目が注がれていたが、食後、契約社員の話になった。もちろん、北野が切り出したのだ。直子と美佳は後片づけで台所にいた。

「お父さん、僕はサラリーマンには向いとらんと思っとるんじゃ。はみだし社員になるよりは、最初から契約社員で働く方が僕には合ってると思うて決めたんじゃ。どうせ、いずれ起業するしな。本音はドイツの超高級車に一日も早《はよ》う乗りたいと思ったからなんじゃけど……」

「その外車はなんぼするの」

「五百万円ぐらい」

「そんなに高い車なんか。十年早いなんてもんじゃなかろうが」

「じゃあから契約社員なんじゃ。営業で稼げば稼ぐほど、実入りが増えるから、三年ぐらいで買えるかもしれん」

「譲治、おまえなぁ、そんな夢みたいなことを言うたらいけんわ」

台所から居間に戻った直子が話に割り込んだ。

「五百万円とか聞こえましたけど、空耳じゃろうか」

「譲治が五百万円もする高級車を三年で買うなどと言うとるんじゃ」

「お父さんは十年早いどころじゃないとか言ったけど、損保の契約社員は働けば働くほど稼げるから、三年限りの契約社員になることに決めたんじゃ。お母さん、僕は大《だい》東京火災海上保険《とうきょうかさいかいじょうほけん》っていう一流企業の営業マンとして頑張るから、心配せんでもええからな」

直子はそっくり返らんばかりに驚愕《きょうがく》した。

「お母さんは大反対。そんなの、とんでもないことでしょうが。だったら宮大工になりんさい。お祖父《じい》ちゃんがどんなに喜ぶかしれんし、おまえは小さいときからお祖父ちゃんによう似とったからねぇ」

敏雄が頬をふくらませた。

「冗談じゃない。なんのために大学行ったんじゃ。宮大工になるためじゃなかろうが……」

「でも、契約社員なんかよりはマシでしょうが。せっかく建築を勉強したんじゃろうが、譲治ならお祖父ちゃんの宮大工の工場《こうば》を大きな会社にできますよ。わたしが保証します」

直子が居ずまいを正したのがおかしくて、北野はくすくす笑った。

「譲治、笑ってる場合じゃなかろうが」

「直子、そうかりかりするな。ただし宮大工は反対じゃ」

「もういい加減、お父さんもお母さんも理解してくれんかなぁ。何の仕事をするかを決めるのは僕なんじゃから。相談に帰ってきたんじゃのうて、報告に来たんじゃから。早稲田に進学出来たのも東京の予備校に通わせてもらえたからじゃし、毎月の学費の仕送りと奨学金があったからアルバイトの稼ぎだけで生活費も賄えたし、ほんとお父さんとお母さんには感謝しとるんよ。でも、契約社員になることは十分考え抜いた結果決めたことじゃから、家族のみんなで応援してくれんと困るわぁ」

北野は少し強い目で二人を捉《とら》えたが、見返してこなかった。

「この子は親の言うことはよく聞く子じゃったがのう。こんな強情になってしもうて」

直子は北野をひと睨《にら》みして退出した。

「おやすみなさい。繰り返すけど、僕が今日あるのはお父さんとお母さんのお陰なんじゃあ。本当に感謝しとるんよ」

「取って付けたようなことを言わんでええから」

言葉とは裏腹に、敏雄は笑顔だった。

「今後とも、あたたかく見守ってくれるだけで僕はありがたいです」

「おまえのような出来る息子を持ってわしらは幸福だが、大企業に入ってくれるものとばかり思っとった。でもなあ、契約社員なんて訳の分からん話を聞かされたらがっかりするじゃろうが……」

敏雄もきつい物言いになった。

美佳は奇麗な笑顔で「おやすみなさい」と言って手を振った。

北野はいったん寝床に就き、横たわって眼を瞑《つむ》ったが、眠りにつける訳がない。

ウィスキーの水割りを飲みながら、東京での生活を振り返っていた。

土曜、日曜は家庭教師のアルバイトで一日三人、いや多い時は四人も受け持っていた。幸い、友達が車を貸してくれたので続けられた。

家庭教師の他に、花屋と築地《つきじ》市場《しじょう》でのアルバイトもあった。自分は学生アルバイトのプロだとしみじみ思う。

わけても六本木《ろっぽんぎ》の花屋のアルバイトはやり甲斐《がい》があり、学ぶことが少なからずあった。

店名は〝フローリスト・マグ〟、主《あるじ》の池内潤二《いけうちじゅんじ》は、大好きなマーガレットにあやかったと話していた。マーガレットは華やかではないが誰からも好かれる可憐《かれん》で可愛《かわい》らしい白い花だ。

夕刻から深夜の二時頃まで、六本木・俳優座《はいゆうざ》向かいにあったスーパー・マーケットの軒先の小さな花屋で〝花売り青年〟に徹していた。アパートから花屋までは、徒歩で行ける距離だったので続けられたのだが、四年継続したのだから我ながらよくぞと、褒めてやりたい。

池内からは「男なら、小さくてもいいから一国一城の主になれ」と耳が痛くなるほど言われた。

稼ぐということは、自分のためばかりではない。世のため、人のためにもなるのだ。

北野はお金を稼ぐことの〝尊さ〟〝楽しさ〟〝辛《つら》さ〟を叩《たた》き込まれ、モノを売るための工夫までも、手取り足取りで教えられた。池内との交友関係はアルバイトが終わった後もずっと続きそうな予感がしてならない。

池内は十一歳も年長だが、頼りになる兄貴みたいな存在だ。「ジュンちゃん」「ジョージ」と呼び合う仲でもある。身長は北野より十センチほど低いが、骨太のがっしりした体型だ。

北野は池内の温容を目に浮かべて、胸を熱くしていた。テント屋根の小さな花屋は友達から紹介されたのだ。

出勤初日の池内とのやりとりは生涯忘れ得ぬ思い出になった。

「日曜日と祝日は休みだと聞いていますが」

「どうしてそんな質問をするんだ」

「家庭教師など他にアルバイトがあるからです」

「ええところのボンみたいな顔してるが、そんなに働かなければいかんのか」

「はい。家からは学費の仕送りはしてもらっていますし、奨学金もあるのですが、アパート代や生活費は稼がなければなりません。母の実家が宮大工なので、進学しないで宮大工になる選択肢はありましたが、大学で学びたくてなりませんでした」

「なるほど。それで早稲田の建築学科なんだな。苦学生とも言えるか。それにしても時給五百円の、こんなちっぽけな露店の花屋に毎日通ってくれるっていうのだから、きみは健気《けなげ》っていうか、根性もしっかりしている」

「どうも……」

北野は小さく頭を下げた。

「質問に応《こた》えてなかったな。安心しろ。日曜日と祝日は定休日だ。家庭教師を存分にやりたまえ」

「ありがとうございます」

今度は頭の下げ方が盛大だった。

「そのかわり、定休日以外は雪が降ろうがヤリが降ろうが、必ず開店するから覚悟することだな」

「頑張ります。体力には自信がありますのでズル休みなんて絶対しません」

「しかし、授業との関係があるんじゃないのか」

「バイトの時間帯から考えて心配するには及ばないと思います。万一の時は友達に助けを求めます」

「よし分かった。握手しよう」

北野は差し出された右手を両手で力一杯握り締めた。

北野が睡魔に襲われ、あわててトイレに駆け込んだのは午前二時過ぎだ。

2

元日の午前九時頃、北野は母に揺り起こされた。

「譲治、そろそろ起きたらどうじゃ。お雑煮の支度ができてるんよ」

「花屋でのバイトの夢を見とったよ。初夢じゃないけど、良い夢じゃった」

直子は着物姿だった。敏雄も同じで大島紬《おおしまつむぎ》だろう。正月はいつもそうだ。

ジーパン姿の北野は両手をついて改めて両親と妹に挨拶した。

「新年明けましておめでとうございます」

「おめでとうさん」

「おめでとう」

大晦日は、ぎくしゃくした雰囲気が漂っていたが、一夜明けた元日は一変した。

北野は屠蘇一杯で、もう〝花売り青年〟の話をしていた。理路整然としていて繰り返しはなかった。

「花屋さんの話はもうええがぁ。肝心なのは契約社員の話じゃろうが」

「お父さん、その通り。ジュンちゃんの話になるとついつい夢中になってしまう」

北野は気合いを入れるように「うーん」と咳払《せきばら》いをした。

「保険を売るイメージを変えて欲しいんじゃ。一軒一軒家を訪ねて保険を売るんじゃのうて、僕の場合は企業保険の市場で勝負する仕事じゃからね。いろんな会社の業務にどんな危険があるかを調査して、その危険を解決する手段として損害保険を提供することなんよ。恰好《かっこう》良う言えば、最近流行のコンサルタントみたいなことじゃね。じゃから、田舎で思い浮かべる保険屋さんじゃないんよ。僕をスカウトしてくれた大東京火災の河田《かわた》さんていう新宿支店長の下でしっかり頑張るから」

北野の話を聞いて、両親は嬉《うれ》しそうに顔を見合せた。

「譲治は東京で相当苦労したんじゃね。お母さんは、なんの手助けもしてやれんかったけど、必ず大学を卒業して、立派な仕事をすると信じとったからのう」

「お父さんも安心した。おまえは子供の頃からしっかりしとって、親に心配かけるようなこともせんじゃったなあ。親元を離れて自立することこそが一番の親孝行じゃ」

「譲治はお父さん、お母さんの自慢の息子でした。岡山朝日高校に入学した時のお父さんの喜び様といったらなかったですから……」

「お母さんこそ近所の人たちに息子の自慢話をしよったじゃろうが……」

「お父さんこそ。それはお父さんの方ですよ」

両親の話を聞いている北野の心地が悪かろう筈《はず》がなかった。嬉しくて嬉しくてならない。こんな良き正月は生まれて初めてかもしれない……。

「〝花売り青年〟は身になり為になったし、楽しい日々でもあったが、夏休みの早朝の築地魚河岸の台車押しは、バイトの中でも一番きつかった。ただ、体力が向上し、自信にはなったと思う」

「ふうーん。想像もできんが、肉体労働までもやったんかぁ」

北野が右手を振った。

「お父さん、魚河岸の仕事は朝が早いし、かなりの力仕事じゃから、僕ぐらいの体力がないと雇ってもらえんのよ。丈夫な身体《からだ》に生んでくれたお父さんとお母さんの遺伝子の賜《たまもの》だよ」

「お父さん、譲治はほんとええこと言うてくれますのう」

「肉体労働まで頑張ってのう。大学を卒業できるんか心配じゃったけど、大丈夫なんじゃね」

再び二人は顔を見合せた。真顔だった。

北野は話題を変えた。

「契約社員の損害保険代理店の稼ぎがどのくらいか見当はつかないけど、最低でも大企業の新人正社員の五倍は稼ぐつもりなんよ」

「大きく出たのう」

「お父さん、僕が最低と言ったことを忘れんといてな」

「お母さんは譲治の話を信じております。譲治は大袈裟《おおげさ》に話したりはせん子じゃったからのう」

北野は笑顔で頷《うなず》き返した。

「契約社員は、どんな会社にも結構いるんだ。銀行の支店の窓口の店員とか、生保の外交員、〝生保のオバチャン〟もそうじゃからね」

「みんな女の人じゃろうが。大学出の男はおらんじゃろう。おまえが第一号なのか」

「まさか……」

北野は大仰に反り返ってから、続けた。

「そんなことはないよ。僕と同じような考えの人も結構おってな、大東京火災海上保険は起業を目指す人たちを受け入れてくれるんじゃ。その中でも僕は稼ぎ頭になる可能性が高いと自惚《うぬぼ》れとるんじゃ。お父さん、本当に五倍は控えめな数字じゃからね」

敏雄はまだ半信半疑だったが、黙って横を向いた。

「譲治が来年の正月にどんな話を聞かせてくれるのか、楽しみにしとるからのう」

「お母さん、楽しみに待っとってなぁ」

北野はにこやかな顔で、胸を張った。

備前市穂浪は煉瓦《れんが》工場の街としてよく知られている。敏雄は第一級の煉瓦職人で聞こえていた。

直子までが別の煉瓦工場の手伝いにかり出されることがままあった。働くことを厭《いと》わない母だった。

池内から「夏休みの帰省は親孝行のうちだ。二週間ぐらい岡山に帰るといい」と半ば強制的に帰省させられて、北野は母と同じ煉瓦工場で、朝八時から夕方五時まで汗だくになって、煉瓦作りに励んだ。二人共同じ作業をしていることの幸福感は筆舌に尽くし難い。

3

東京地方が悪天候の時、直子は北野のアルバイトが終わる午前二時ごろまで、心配で眠れないことが多かったという。美佳からこっそり教えられた時、北野は涙ぐんだ。

北野譲治は大学四年生になって、不安を募らせていた。起業を目指しているものの漠たるもので、明確な見通しは全くなかったのである。

　地方出身者で人脈もなく、技術もなく、ないないづくしの環境下での起業は可能なのだろうか。単なる大博打《ばくち》としか思えず、北野は同級生たちの就職活動を横目で見ながら途方に暮れていた。

　花屋になるのはどうかと本気で思ったりもした。

「ジュンちゃん、花屋をやってみたいので、卒業したら正式に弟子入りさせてください」

「おまえがその気ならいつでも花屋になれる。だが、大企業に入って苦労するのも悪くないと思うよ。タイミングの問題はあるにしろ、教授のコネや就職課に相談することも考えたらどうだ」

　池内は深刻に受けとめてくれたが、思いがけずそれこそ計ったようなタイミングで、北野に声をかけてくれる男が現れた。

　大東京火災海上保険・新宿支店長の河田孝彌《たかや》だ。河田は〝フローリスト・マグ〟の上客だった。北野より十センチほど高い百八十五センチの長身でしかもスリムだった。

「北野君、一度我が社に来ませんか。ウチにはアントレプレナーシッププログラムという起業を目指す人を支援する制度がありますから、応募されたらよろしい」

『渡りに船とはこのことだ』

北野は思わず膝《ひざ》を叩いていた。

「ありがとうございます。明日にでもお伺いしてよろしいでしょうか」

「善は急げと言うからね。九時に待ってますよ」

河田は奇麗な笑顔だった。北野以上に嬉しかったのだ。

当日、河田は新宿支店二階の大きな窓から甲州《こうしゅう》街道を挟んだ真正面に見える栗田《くりた》工業を指差して、こともなげに言った。

「北野君があの会社の社長を口説いて、ウチのお客さんにすれば、君の年収は三千万円を超えるよ」

栗田工業は水処理最大手の一流企業だ。北野が一瞬、トライしてみようと思ったのは、三千万円のインパクトの強さ故で、固唾《かたず》を呑《の》んだだけのことだ。

だが、北野が態勢を立て直すのも早かった。

「確かに損保の契約社員も悪くないと思います。起業の一歩手前と取って取れないこともありませんし」

「応募したらどうかねぇ」

「もう少し考えさせてください」

「花屋さんに相談するのかな」

図星だった。

　北野はあいまいに笑った。

「両親の意見も聞きます。反対されると思いますが、説得できるかどうか……」

「是非とも説得しなさい。花屋さんも応援してくれると思いますよ」

　事実その通りになった。

「河田さん、さすがだなぁ。ジョージのことをさりげなく観察してたんだな。あの人、強引で喧嘩早《けんかっぱや》いと聞いた覚えがあるが、部下の面倒見の良さは〝大東京一〟らしい。ジョージはツイてるよ。運も実力のうちだ」

　池内は眼を細めて優しい顔になった。

　もともと周囲から「ジュンちゃん」と呼ばれて親しまれている。北野に花屋のアルバイトを紹介した友人も「ジュンちゃん」と呼んでいたので、初対面から「ジュンちゃん」で通していた。池内が「ジョージ」と言って、近しくしてくれるのもありがたかったし、嬉しくもあった。

　もっとも池内は優しさばかりではなく、厳しく鍛えてもくれた。

「懸命に生きることこそが自分自身を研《みが》き、人々の信頼も得られるんだ。ジョージは自分を飾らずにお客さまに対応しているので、俺は安心しておまえを見守っているだけだ」

「僕はジュンちゃんの真似《まね》をしているだけです。いや、真似はちょっと違います。見習っているんです。仕入れ先であれ、お客さんであれ、気取らずに相手に対して一所懸命にぶつかっているジュンちゃんの姿勢は見事だと思います。深夜の来客がたった一人だけということが幾度かありましたが、ジュンちゃんの応対が素晴らしいので、僕は胸を打たれました。常連も一見《いちげん》も区別せずに、常に全力投球です。台風並みの横殴りの大雨の時に花束を買ってくれた中年の男性を労《いたわ》るようにおもてなししたジュンちゃんの姿は瞼に焼き付いています」

「ジョージ、おまえは口が達者だなぁ」

　池内はまんざらでもなさそうだったが、すぐに表情を引き締めた。

「ジョージみたいな弟子を持てた俺は幸運にもほどがあるな」

「僕は本当に感動したのです。ですから友達にも自慢してるんです」

「人事を尽くすという言葉があるな」

「はい。イコール全力投球です。六本木は小さな街です。ジュンちゃんの存在を知らない人はいないと思います。みんなの励みになっているのではないでしょうか」

「お客さまは神様ですと、のたまった有名歌手がいたな」

「ええ。僕はジュンちゃんのことを六本木のスターだと思っています」

立ち話だったので、池内は背伸びして北野の頬を撫《な》でた。星月夜《ほしづくよ》で明るかった。底冷えする寒い深夜だ。

昭和六十一年の正月休みが終わり、岡山の実家から戻った北野は残り少なくなった〝花売り青年〟のアルバイトに精を出していた。

二人はいつもながらのダウンジャケットにジーパン、ゴム長靴姿だ。

「入社してからは人事係に対してジョージの方から求めるようなことはあってはならないぞ」

「はい。常に笑顔で相手の気持ちに寄り添うようにと、ジュンちゃんから何度も言われました」

「笑顔のジョージと接しているだけで、気持ちが和む。おまえは地顔でも得しているな」

「両親のお陰です。ジュンちゃんのお陰もあります」

「おまえが追従《ついしょう》言う訳ないから喜ぶとしよう」

池内が腹を抱えたので、北野も笑い転げた。

「おかしいなぁ」

「本当におかしいです」

池内が急にしんみりした口調になった。

「あと二か月ほどでジョージとはおさらばなのか。会えなくなると思うと寂しいなぁ」

「今よりも自由な時間は作れますから、いつでも会えます」

「そうだな。確かに契約社員のメリットがあるからな」

「はい。僕はジュンちゃんを生涯の大先達だと信じています」

「大先達なんて言わないでよろしい。俺もジョージのことだから、一生付き合ってくれると信じているんだ」

「ありがとうございます」

北野は低頭した。

「康子《やすこ》がジョージに卒業祝いのプレゼントをしたいと言っておった。電話してくれないか」

「年末に五十万円もボーナスをもらっています。卒業祝いだと思っていました」

「まぁいいから。康子の顔を立ててやってくれよ」

三月初旬の某日、北野は池内の妻の康子に渋谷《しぶや》のデパートに連れて行かれ、オーダーメイドのスーツを二着プレゼントされた。二着とも康子と北野の好みが一致した。

「四月からは社会人ですからね。花売り青年は卒業よ」

「ありがとうございます。嬉しくて涙がこぼれそうです」

北野の目が潤んでいた。

4

四月一日付けで北野は大東京火災海上保険株式会社に入社した。当然ながら勤務先は当時同社一の売上を誇っていた新宿支店だ。

〝三年間限定契約社員〟〝給料は出来高払い〟の条件に内心にんまりどころか大喜びで、ガッツポーズをしたいくらいだった。

『ガッツポーズをするのはジュンちゃんと一緒にだ。バンザイかも知れない』と思いながら、ネクタイを締め直し、力を込めて契約書にサインした。

夜の六本木の〝花売り青年〟も新宿界隈《かいわい》を主とした企業相手の〝保険セールスマン〟も、本質的に何ら変わらないとの思いもあった。

入社後、新宿駅東口界隈の会社や商店と飲食店など約二千軒が北野の担当区域となった。平日はオフィスを、土日は飲食店を回り、一日も休むことなく働いた。

入社七か月で月収約三百万円は、新宿支店は疎《おろ》か本社でも話題にならぬ筈はない。

新入社員の年収が約三百万円の時代である。

小さな路上の花屋で〝鍛えし我が腕《かいな》〟が半端ではなかったことを証明したに過ぎな

い。

嫉妬《しっと》、羨望《せんぼう》は遥《はる》か彼方《かなた》に追いやられ、ヒーロー現るとしか言いようがなかったが、北野は有頂天になってはならぬと我が胸に言い聞かせ、自然体で通した。

十一月二十二日からの三連休を利用して穂浪の実家に帰省した。池内から『お母さんへのお土産に』と渡された蘭の花束を抱えていた。午後九時過ぎのことだ。

帰省することはむろん電話で連絡済みだが、食膳《しょくぜん》の豪華さに北野は目を瞠《みは》った。

「こんなにご馳走《ちそう》つくって、お母さん、どうしたん」

「なんせ三人掛かりじゃから。お父さんも手伝ってくれたんよ」

直子に笑顔を向けられて、敏雄が照れ笑いを浮かべた。

「工場が休みなんじゃ」

「お兄ちゃんのスーツ姿、初めて。恰好良い」

「美佳も別嬪《べっぴん》になったなぁ」

美佳は北野をぶつ真似をしながら言った。

「お父さんは、晩酌も夕食もお兄ちゃんと一緒にするってきかなかったんよ」

「本当はおまえの仕事がうまくいっとるんか気が気じゃなくてのう」

北野はにやにやしながら三人を見回した。

「まずは家族の健康を祝して乾杯じゃあ」

美佳が急いで四つのグラスにビールを注《つ》いだ。

「乾杯！」

四人が声を揃《そろ》えた。

北野はぐっと一息で飲み乾《ほ》し、テーブルを離れ、大きめなショルダーバッグから白い封筒を取り出した。

「ちょっと早いけれど、これみんなにお年玉な。開けてびっくり玉手箱……。はい、お父さん。はい、お母さん。そして美佳」

三人とも怪訝《けげん》そうに『お年玉　敬愛するお父さんへ　譲治』などと万年筆で書かれた封筒を開いた。

「おおう、たまげたなぁ。よぅけぇ入っとるが、五十万円も……」

「譲治、気は確かか？」

「お母さん、そんな怖い顔せんで。僕は出来高払いの損保のセールスマンだから、契約社員がいかに稼ぐか分かってもらいたいんじゃ」

「こんなに凄《すご》いお年玉、信じられんがぁ」

「美佳が驚くのも無理はないなぁ。十月の給料が三百万円だった。新入社員の年収が約三百万円だから、十倍以上稼ぐっていうことだからなぁ。来年の僕の年収が大東京火災海上の社長を上回るんじゃないかって、社内で噂《うわさ》になってるらしいんだ」

「〝花売り青年〟の話を聞いたが、花屋と保険会社の稼ぎ方が同じだとは、未《いま》だによう分からんがぁ」

「三年間の契約社員の間にお金を貯《たくわ》えて、会社を立ち上げて、社長になる。起業家宣言は六本木で花屋を経営しているジュンちゃんにはとっくに話した」

「譲治が二年生の時に上京して、花屋の池内さんにお会いしたが、立派な人じゃったのぅ。六本木の〝かぶと家〟いう和食のお店でご馳走にもなった。お母さんがおまえのことを心配して、様子を見に行って来《き》んさいとうるさかったからのぅ」

「美佳もびっくりしたか」

「訳が分からん。五十万円のお年玉なんて……。それも三人だから百五十万でしょう。お兄ちゃんが悪さしていませんように……そう願っとる」

美佳はお札をしげしげと見つめていた。

「お年玉は一回こっきりだからな」

北野は思案顔になった。

大好物の〝祭り寿司《ずし》〟を食べながら、和酒を猪口《ちょこ》で三杯飲んでから話を続けた。

「お母さんへの仕送りは考えてもいいからね。三年間でしっかり稼いで、貯金せんとなぁ。お父さんは煉瓦の仕事続けるの」

「定年まで仕事せんでどうする。必要とされとるからのぅ」

「僕も大賛成。健康のためにも仕事を続けるほうがいいよ」

「わたしはお父さんとお母さんをフォローし続けるので、お兄ちゃんは安心して働いてな」

「おまえは嫁に行くじゃろうが」

美佳は敏雄に笑顔を向けているだけで言い返さなかった。

「僕は人と人の出会いの不可思議さに、いつも思いを致すのだが、ジュンちゃんとの出会いがあったからこそ今の僕がある。一度、穂浪にお連れしたいと思っとるよ」

「嬉しいのう」

「譲治、ありがとう。池内潤二さんに手を合わせたくなります」

「なるほど。ジュンちゃんは僕にとって神様に近い存在かもしれない。ただ、日曜日と祝日以外は仕事をしている人なので、岡山まで来てもらうのは無理だね」

北野は大きく首を左右に振った。誘うこと自体、僭越《せんえつ》であり、不謹慎だと思ったまでだ。

北野は急いで話題を変えた。

「明日は朝日高校の友達との飲み会があるから、ゆっくり出来るのは今夜だけなんじゃ」

「明後日《あさって》はもう帰るんか？」

「お母さん、ごめんな。朝食後すぐ帰京する。仕事のスケジュールが、びっしり詰まっとるんよ」

北野は酒をぐいぐい飲み、がつがつ食事をしてから、自室に引き取り、横たわった。

直子が現れたのは十分ほど経ってからだ。

北野は上体を起こした。

「お母さん、どうしたん」

「お父さんもお母さんも美佳も、譲治の気持ちだけいただくことにしたんよ。大金のお年玉はよう受け取れません。安心させてくれて、ありがとう。このお金は会社を作るために貯金しんさい。私らは田舎暮らしじゃからこんな大金は必要ないから」

三つの分厚い封筒を枕元に置いて、直子はすぐに引き取った。

5

歴代総理の指南役とも黒幕とも称され、〝財界の鞍馬《くらま》天狗《てんぐ》〟として知られる中山素《なかやまそ》平《へい》（元　日本興業銀行《にっぽんこうぎょうぎんこう》頭取、元経済同友会《けいざいどうゆうかい》代表幹事）とも交友関係の深かった四元義隆《よつもとよしたか》の知遇を得られたのも、北野譲治にとって大きな〝財産〟になった。

契約社員二年目の蒸し暑い夏の夜、六本木の花屋の常連で、親交を深めていた横浜《よこはま》在住の初老の紳士、古村《こむら》夏生《なつお》からの電話が入った。

古村は、明治から昭和の戦後期に掛けて活躍した思想家である徳富蘇峰《とくとみそほう》の秘書官を務め、後に大東亜《だいとうあ》省の外交官養成所・大東亜錬成院《れんせいいん》の講師となった人物だが、折に触れて北野を古村の知人たちに引き合わせてくれた。

「北野君、明日の午前中はどうしているかね」

「明日は事務作業だけですので、時間は自由になります」

「そうか。では、明日十時に僕を北鎌倉《きたかまくら》の円覚寺《えんかくじ》まで車で連れて行ってもらえないだろうか」

「勿論《もちろん》です。九時に横浜のご自宅にお迎えに参ります」

「朝早くから悪いが、大切な面会なので遅れないように頼んだよ」

翌朝八時を少し回った頃には古村の自宅近くに到着したが、八時四十五分になってから玄関のチャイムを鳴らした。

「おはよう。今日は世話になるよ」

「おはようございます。今日は円覚寺のご住職をお訪ねですか」

「いや、四元先生を訪ねる」

「よつもとせんせいですか。どのような方ですか」

「会えば分かる、というか会わなければ分からない」

そう言ったきり会話が途切れ、余計なことを聞いてしまった、と少し気まずい雰囲気が続いた。

横浜横須賀《よこすか》道路の朝比奈《あさひな》ＩＣを降りて鎌倉霊園を通り過ぎると鶴岡八幡宮《つるがおかはちまんぐう》が右手に見えてきた。北野は、あと十分も走れば北鎌倉だと思って時計を見ると、まだ九時三十分だった。遅刻することはないと確信し、胸をなでおろした。

北鎌倉駅の少し手前を右折して横須賀線の線路を渡ると、円覚寺総門脇のお寺関係者のみが通行を許される細い坂道が現れる。少し進むとその先に頑丈な鉄門扉が坂道をふさいでいた。

「どちらまで」

「四元先生」と古村が答えた。

門番は深々と頭を下げると、重い扉が開いた。

百メートルほど進んで車を停めると、右側の門に、「四元」と細く柔らかい書体だがしっかりと大きく書かれた表札が目に飛び込んできた。

門の先の急な石段を上ったところに木造平屋の建物があり、そこが目的の四元義隆氏の住まいであった。〝蔵六庵《ぞうろくあん》〟という円覚寺の中でも歴史ある塔頭《たっちゅう》である。後にこの石段を何度も上ることになろうとは、この時には、北野は想像だにしなかった。

当時、四元は七十九歳で、北野より五十四歳も年長だから、遥《はる》かに年上の厳格な師と言った処《ところ》だろうか。

　案内された和室の床の間には山本玄峰《やまもとげんぽう》老師が揮毫《きごう》した「大疑」の軸が掛けられていた。

　山本玄峰は四元が生涯の師と仰いだ臨済《りんざい》宗の傑僧である。太平洋《たいへいよう》戦争終結を決意した鈴木《すずき》貫太郎《かんたろう》首相に、四元が手渡した玄峰老師直筆の手紙には、『偲《しの》び難きをよく偲び、行じ難きをよく行じ、一つ身体に気を付けて、今後の日本の再建のために尽くして頂きたい』と書かれていたという。

　床の間を背にした四元は北野を凝視して呟《つぶや》いた。

「北野君と言ったな、君は政治に志があるのか」

「いいえ、私は事業家を目指しています。政治家に興味はありません」

　四元義隆と言う人物を理解せぬゆえの余りにもストレートな返事だった。総理を育てることを生涯の仕事とした四元にとって、政治に志を持たぬ若者が自分の前に現れること自体さぞ奇異に映ったのであろう。一体何をしに来たのかとばかりに表情が険しくなったように思われた。

　気まずい空気が漂う中、沈黙が続いた。

　暫《しばら》くした後、四元がボソッと訊《き》いた。

「宮沢賢治の『雨ニモマケズ』の中に、サウイフモノニ　ワタシハナリタイとあるが、君が本当になりたいもの、やりたいことは何かね」

本心をさらけ出せば、『会社を興してお金を儲《もう》けたい』と応じるところだが、北野は、圧倒的な存在感を放つ四元を前にして、言葉にできなかった。

沈黙が続くなか、四元が言葉を発した。

「座ることだ、徹底して座れ」

〝座る〟の意味が分からずキョトンとする北野に古村が言った。

「四元先生は、君に座禅をしなさいとおっしゃっているんだよ。先生から谷中《やなか》の全生《ぜんしょう》庵《あん》を紹介してもらいなさい」

「徹底して欲を捨て去って突き詰めたところに出てくるもの、それが〝本能〟だ。本能は欲望とはまったく別のものだ。さすれば最後に自分の本当になりたいモノ、やりたいことが残る。それが、君が一生涯賭《か》けてやる大仕事だ。しかるのち、本能に従い、真直ぐ一直線に進め。わかるな」

「はい」

生返事にならざるを得なかったが、あとでじっくり考えようと北野は思った。無口な四元が自らこれほど話すことは珍しいことだという。

この日の帰り際、北野は四元義隆語録とも言われる書籍『常思親』を無言で手渡された。〝北野譲治大兄　義隆〟と万年筆で書かれた力強いサインのあるこの一冊の本が、北野を支え続ける宝物となることを、その時には知る由もなかった。

帰りの車中で、四元が宮沢賢治の「雨ニモマケズ……」をこよなく愛惜していることを聞いた北野は、四元の驥尾《きび》に付して、帰宅後半紙に墨書した。

雨ニモマケズ
風ニモマケズ
雪ニモ夏ノ暑サニモマケヌ
丈夫ナカラダヲモチ
慾《よく》ハナク
決シテ瞋《いか》ラズ
イツモシヅカニワラッテヰル
一日ニ玄米四合ト
味噌《みそ》ト少シノ野菜ヲタベ
アラユルコトヲ
ジブンヲカンジョウニ入レズニ
ヨクミキキシワカリ

ソシテワスレズ
野原ノ松ノ林ノ蔭《かげ》ノ
小サナ萓《かや》ブキノ小屋ニヰテ
東ニ病気ノコドモアレバ
行ッテ看病シテヤリ
西ニツカレタ母アレバ
行ッテソノ稲ノ束ヲ負ヒ
南ニ死ニサウナ人アレバ
行ッテコハガラナクテモイヽトイヒ
北ニケンクヮヤソショウガアレバ
ツマラナイカラヤメロトイヒ
ヒデリノトキハナミダヲナガシ
サムサノナツハオロオロアルキ
ミンナニデクノボートヨバレ
ホメラレモセズ
クニモサレズ
サウイフモノニ

ワタシハナリタイ

遥か後年、北野が師と仰ぎ敬してやまない元金閣寺《きんかくじ》執事長の江上泰山《えがみたいざん》師の揮毫による巨大な額（縦九十二・五センチ、横二百二十三センチ）がイーパーセル株式会社の会議室に飾られた。北野の念願を泰山師が快諾してくれたのだ。

6

四元義隆の知遇を得て、北野は谷中の禅刹《ぜんさつ》「全生庵」での辛《つら》い座禅のトレーニングに多くの時間を割り当てるようになった。契約社員二年目も三年目も、北野譲治の年収は初年度を上回ることはあっても、下回ることはなかった。周囲の信頼感もいやが上にも向上して行く。

大東京火災海上保険株式会社新宿支店にとって北野の存在感が増し、不可欠な存在になるのは当然の帰結である。

平成元（一九八九）年二月上旬の某日夕刻、北野は課長の岡本秀治《おかもとしゅうじ》と応接室で対峙《たいじ》した。一週間ほど前に、アポイントメントを取られていたのだ。岡本はロイド眼鏡が印象的だ。何度か会っている。

「北野君。忙しいのに悪いな」

「いいえ。女性事務員から三十分と聞いておりますので。この後も仕事を入れています」

「そうだったな。さっそく用件を伝えるとしよう、三月三十一日付けで、契約期限が終了するが、二年間の延長を考えてくれないか。もちろん本社の人事も了解していることを申し添えます」

事実だろうかと北野は訝《いぶか》った。

「光栄に思いますが……」

岡本は薄くなった頭髪に手をやりながら、あわて気味にさえぎった。

「たっての依頼なんでねえ」

北野は『一日だけ考える時間をお与えください』と続けたかったのだが、言葉を変えた。

「三年限りは会社が決め、私が受け容《い》れました。出来れば契約通りでお願いしたいと思いますが、一日だけ考える時間をください」

恩着せがましくなり、厭味《いやみ》な奴だと思わぬでもないが、北野は駆け引きしているとは考えなかった。『返事はジュンちゃんに相談してからだ』と思ったまでだ。

「明日のこの時間に結論を出すということでよろしいでしょうか」

「先約があるが、調整しよう。是非とも良い返事を聞かせて欲しい。くれぐれも、よろしくお願いします」

「失礼致しました」

北野はセールスに戻った。

その夜十時頃、北野はジャンパー、ジーパン姿で六本木に出向いた。

店は来客が続いていたので、北野も〝花売り青年〟にならざるを得ない。

バイト学生は北野が推した早稲田の学生なので、気心の知れた仲だ。

一頻《ひとしき》りして、北野と池内の立ち話になった。

「手伝ってもらってありがとうさん。ジョージ、なにか相談事でもあるのか」

「そうなんです。ここはジュンちゃんの意見をお聞きしたいと思ったのです。実は会社に契約期間二年の延長を要請されました」

「ほーう。悪い話じゃなくて安心したよ」

「良い話、つまり賛成なんですね」

「少なくとも反対はしない。帰するところ、ジョージ次第だが、ジョージはまだ二十六歳じゃないか。あと二年続けても二十八歳。損保会社で出来高払いの契約社員になれたからこそ、稼げたことを忘れてはならん」

「あと二年頑張れって言われているのだと思いますが、僕の気持ち、心づもりも同じです」

「二年延長のデメリットは絶対ない。メリットのほうがだんぜん大きいんじゃないのか。信頼を集めれば集めるほどジョージの財産になる。何度も言ってるが、何度話しても良いだろう」

「一日考えさせてくださいなんて言葉を濁したのは、ジュンちゃんの顔を立てたいとの思いがあったからです」

「ジョージ、言ってくれるじゃないか。俺に対するおまえの信頼感がほんの少々上がったことは確かだな」

池内は冗談ともつかずに返した。両人とも、終始笑顔を絶やさなかった。

「ジョージが何を起業するにしても、三十歳が節目だが、二十八歳ならちょうどいいんじゃないのか」

「なにを目指しているかはジュンちゃんにとっくに打ち明けてますよ」

「そうだったな。契約社員の延長線上で、独立し起業するんだったな」

「ええ」

「三年限りの予定が五年になるが、それ以上はあってはならんと俺は思う。その点ジョージはどう考えてるんだ」

「同じです。会社としても、五年以上は言いづらいでしょう」

「分からんぞ。会社の本音は十年かもしれない。二年は小出しで、ジョージを契約社員で拘束すればするほど得する訳だしな」

「たったいま、ジュンちゃんは五年以上はあってはならないって言いましたよ」

「その通りだが、人間誰しも気持ちは揺れるし、五年限りの念押し、駄目押しのつもりだっていうことだ」

「よーく分かりました」

「会社は低姿勢なんだろうなぁ」

「その通りです。課長に拝むように言われました」

「ジョージには、拝みたくもなるんだろうな。しかしなぁ、今のジョージがあるのは会社のお陰もある」

「ジュンちゃんに〝花売り青年〟で鍛えられたからこそ今日があるのです。このことは口が酸っぱくなるほど話しています」

「神ならぬ人間誰しも貶《けな》されるより褒められたほうが嬉しいし、成長する。お愛想、お追従だと分かっていてもな。もっともジョージがおべっか使うわけないよなぁ」

北野はカラカラ、ゲラゲラ笑った。つられて池内も声を立てて笑い出した。

翌日の夕刻、北野は微笑を消さずに岡本に対した。

「二年限りの延期を喜んでお受けします」

「ありがとう。支店を挙げて感謝します。それどころか、本社も大喜びだよ」

「感謝しているのは私のほうです。ただし、何とぞ二年限定を誓約してください」

「もちろんだよ。実は昨夜支店長と話したのだが、『一日考えたい』は北野君の心遣い、優しさ故で、断られると予断しないでもなかったんだ」

「とんでもないです。大先達の意見を聞いたに過ぎません。その方も三年より五年のほうが良いと言ってくれました」

「どこにおられる方かな」

「六本木です」

「六本木の方角に足を向けて寝られないね」

『拝みたくなるほどでしょう』と訊《き》きたいが、それはない。

「北野君の名は損保業界に轟《とどろ》いているからね。ウチより好条件でスカウトされても文句は言えないよねぇ」

揶揄《やゆ》的ではなかった。気懸りそうな節もある。

「あり得ません。本社当店以外の選択肢は一度として考えませんでしたし、私はラッキー・ラッキー。ハッピー・ハッピーの連続です」

「北野君に内心、焼き餅《もち》を焼いている社員は大勢いると思うが、顔に出したり口にするバカはさすがに一人もいない。むしろ、北野君とは友達だと吹聴したいくらいなんじゃないかな」

北野が低頭すると、岡本は胸に手を当てた。

「少なくとも私はそうだ」

「感謝、感激です」

「新支店長の鈴木《すずき》も北野君を褒めちぎっていた。一度、一献差し上げたいと言ってたよ」

「私のような若造にですか。お言葉だけ頂きます」

「さすがだねぇ」

岡本は眼鏡に手をやりながら続けた。

「鈴木支店長は本気だったよ。北野君を行きつけの飲み屋やバーに連れ出して、見せびらかしたくて仕方がないんじゃないのかな」

「私は有名人ではありません。課長は私の名が損保業界に轟いているなどとおっしゃいましたが、正しくは大東京火災海上だけのことです。それでも自惚れかもしれません」

「どうしてそんなに下手に出るのかなぁ。私なら胸を張って店内を闊歩《かっぽ》するけど」

「もしかしたら、ちらっとそんなことを考えたかもしれませんが……」

北野は『ジュンちゃんが容認するわけがない。大バカ野郎！　と怒鳴られるのが関の山だ』と思いながら、池内の顔を目に浮かべた。

「二年の延長、延期を受け入れてくれてありがとう。駄目元で用意してきた契約書に署名してもらおうか」

「ハンコは持ってません」

「署名するだけで結構だ」

北野は〝出来高払い〟を確認し、強い筆圧でサインした。

「太田《おおた》専務が二年の延長もさることながら、できれば正社員になってもらえないかと仰《おっしゃ》っていたが、一年後にまた正社員の話を蒸し返されたらどうしますか」

「お受けすることはあり得ません」

北野は口を引き結んで、きっぱりと応えた。

二年ほど前に、北野は佐藤《さとう》優子《ゆうこ》と結婚した。友人の紹介で知り合った。優子は美形ですらっとした長身だった。

北野は一目惚れ、優子も好意を持ってくれたので、プロポーズから挙式までのスピードぶりと言ったらなかった。

自動車大好き人間は多いが、北野の車好きも相当なものだ。優子はその点も気に入り、ドライブの愉《たの》しさを満喫した。北野の仕事量の多さを相殺して余りあった。

　北野は得意満面で仕事の話をいっぱいした。

「企業に対して保険を売るビジネスの醍醐味《だいごみ》は、お客様のいろんな経営リスクを的確にとらえて、それをカバーする戦略的保険商品を提案することなんだ。従ってセールスマンには豊富な経験と深い知識に加え、お客様と保険会社の双方との交渉力が求められる。僕がどれほど学んだか察してもらいたいよ」

「分かる分かる。あなたの自助努力とでもいうのかしら。他のセールスマンに負けっこないと思うわ」

「常にお客様と向き合って、最高の商品を提供した結果として収入が得られる訳だ。このステップをしっかり踏んでいるからこそ、収入が努力に比例して増え続ける。この充足感はちょっとやそっとのものじゃない」

「つまりあなたの仕事がいかにやり甲斐があるかっていうことなのでしょう」

「その通り。よくぞ理解してくれた」

「あなたが思い切り活躍できる仕事をしてくれれば、私はそれだけで満足だわ」

「君と話をしていると、やる気が充満してくる。ありがとう。夫婦間でこんなに対話出来るのは幸せだよね」

「ええ」

北野は仕事をバックアップしてくれるのは妻であり家庭なのだろうと思わずにはいられなかった。

しかしながら、仕事を家庭に持ち込むのは男が廃《すた》る。バックアップは精神的なもので、一家団欒《だんらん》に協力するのは夫なり父親なりの責務なのだ。

第二章　保険ディーラー

1

　昭和六十一（一九八六）年四月一日付けで、大東京火災海上保険株式会社に入社した北野譲治は、名古屋《なごや》の研修センターでの二週間の研修終了後、新宿支店に配属された。

支店長の河田孝彌は北野に何かと目をかけてくれた。

起業家を目指す学生を支援するアントレプレナー制度を有する損害保険会社は当時、大東京火災海上一社のみだった。しかも同社が制度化したのは同年四月からなので、北野は一期生でもあった。

　同期入社組は二十名だ。

　新宿支店は同社支店網のトップで、河田支店長のリーダーシップぶりも、間然する所がなかった。もっともトップとはいえ、社員の数は十人程度だった。

　損害保険業界の首位企業は東京海上《とうきょうかいじょう》だ。二位は安田火災《やすだかさい》、三位大正海上《たいしょうかいじょう》、四位住《すみ》友海上《ともかいじょう》と続く。大東京火災は日本火災《にほんかさい》と五位を争う中堅損保だ。

北野は支店長室に呼ばれて何度か河田と話した。

「アントレプレナー制度が成功するかどうかが、当社が損保業界で上位に食い込めるか否かの試金石になるとする見方が上層部にあるが、二十数名の契約社員を見る限り、損保ディーラーの起業を目指している者は少ないなぁ。多くは期待できないと言わざるを得ないねぇ。ほとんどは実家が保険の代理店で、就職戦線の落ちこぼれもいるようだしな。ただし、成功する可能性大が一人だけいる」

河田が北野を指差した。

「それは君だ。一人でも成功者が出てくれれば、この制度が維持できることを意味する。君に頑張ってもらうしかないということにもなるが、アントレプレナー制度はウチが損害保険業で伸《の》していくための切り札みたいなものだから、なんとしても成功させたいねぇ」

「支店長に声をかけられなかったら、花屋の開業を目指していたかも知れません。期待に反するわけには参りません」

「自信満々だと君の顔に書いてあるぞ。違うか」

「中《あた》らずと雖《いえど》も遠からずです」

「さすが、花屋で鍛えられただけのことはある。言ってくれるじゃないか」

「研修中にも分かったことですが、同期の仲間では競争原理が機能しません。限りなくゼロに近いので、モチベーションが維持できるか心配です」

河田が自身の頭と胸に手をやった。

「問題はここだ。北野なら遠からず実績を出すだろう。期待しているぞ！」

「とんでもない。どうしたらいいか途方に暮れています。なにかヒントをお与えください」

「まずは当たって砕けることだな。あとは自分で考えるしかないだろう」

河田は真顔だったので、北野は突き放されたとは思わなかった。

「倦《う》まず弛《たゆ》まず根気よくやるしかありませんね」

「そういうこと。君は全て分かっているんだよ」

二週間の販売研修期間中に、北野たち契約社員が指導員から教えられたことは、詰まるところ『保険商品はどこの会社で買っても変わりません。よってセールスマンとしての自分自身を売り込むしかないのです』だけだった。

むろん指導員は複数存在したが、中には『バカな契約社員ども』と見下す態度を露骨に示す者もいた。北野の顔をじっと見ながらレクチャーしている指導員は、河田と接触している節があると気を回したくもなる。北野は気の所為《せい》だと思い直し、視線を外したが。

北野に与えられた担当営業エリアは新宿駅東口周辺や〝新宿伊勢丹《いせたん》〟がある新宿三

丁目と新宿駅南口の新宿四丁目周辺だ。中小企業と商店、飲食店などが二千軒ほど存在した。

北野は脚が棒になり、靴底が磨《す》り減るほど歩き回った。〝花売り青年〟から、一日の訪問先が二百軒を超えるセールスマンに変貌《へんぼう》したのである。

夜はバーやスナックへ足を運んだ。勿論《もちろん》、ビールや水割りウィスキーなどを飲まざるを得ない。言うまでもなく身銭を切るしかない。〝契約社員〟の固定給は十六万円。家賃と生活費を引いた残りで足りる訳がなかった。名刺代だけでも結構な物入りに思えた。

狭い元麻布《もとあざぶ》のアパートの部屋には、たちまちからっぽの名刺ケースが〝山〟となった。しかし、四月から六月まで一件も契約できない日々が続いた。

深夜、パジャマ姿で〝山〟を見つめながら、幾度ぼやいたり、後頭部を叩《たた》いたりしたことか。『どうしたらいいのか。どうあるべきか』

徒労による疲労感のむなしさと言ったらない。

大東京火災海上の新入社員約二百名は、正社員でも早稲田大学や慶應義塾《けいおうぎじゆく》大学の卒業生はごく僅《わず》かで、東大卒は一人もいなかった。

契約社員と雖も、早稲田大学卒業の北野に対する会社の期待が大きくない訳がなかった。理系であることも与《くみ》していたのだろうか。

北野にだって早稲田の誇りがあるし、意地もある。受験戦争でどれほど苦労したことか。

　大手ゼネコンなどに入社した同期の仲間たちは研修期間を終えて、それぞれの部署に配属されていた。生き生きと元気溌剌《はつらつ》と仕事をしている彼らの姿が目に浮かぶ。独り取り残されたような気分だ。

『落ち込んではならない。しっかりしろ。自身が選んだ道じゃないか。頑張るしかないんだ』と我が胸に言い聞かせる側《そば》から、卒業論文に一緒に取り組み、試験期間中は深夜に北野のアパートで一夜漬け勉強をした友人の小野《おの》良明《よしあき》のことを思い浮かべていた。

　小野は早稲田大学在学中に清掃会社を起こし、下町の公立学校や公園の公衆トイレの掃除から国技館の空き瓶回収など手広く商売して、大いに稼いでいた。上を見たらきりがないが、小野には世話にもなった。自家用車も快く貸してくれたことを思い出すだけで、頭を下げざるを得ない――。

　小野は卒業後は清掃会社を知人に譲り、不動産ディベロッパーに就職していた。

『僕には一緒に仕事をする上司も、出世を競い合う同僚もいない』と自分が置かれた環境を恨む日々が続いた。

　思考が行ったり来たりし、彷徨《さまよ》っている。何だか分からないが自分が惨めでやりきれなくなる。

北野は懊悩《おうのう》で、心底疲れ切ったときに、河田と面会した。

「少し疲れた顔だな」

「疲労困憊《こんぱい》の極みです」

「それにしては声が大きいじゃないか。君が音を上げたら、私はクビだからな。それぐらい分かるだろう」

「あり得ません。正社員の支店長がクビだなんて絶対ないと思います。契約社員の場合は当然ですが……」

「その通りだ」

河田の右手の人差し指が北野の顔面直前に突き出された。

「今のところ、モノになりそうなのは二人だなぁ。そのうちの一人は、保《も》つかどうか」

「手をどけてくださいませんか」

「分かった。君はやっかまれる立場だからな」

「実績ゼロでもですか」

「それでも脚を棒にして駆けずり回っている。走り回っているんじゃないのか。早稲田の誇りはどうしたんだ。バカ者！」

「おっしゃるとおり誇りだけは一人前です。しかしながら、未《いま》だに保険の契約はありません。どうしたら良いのか分からなくなっています」

「花屋さんにでも相談したらいいんじゃないのか」

突き放されたと北野は瞬時に思った。

「ご指示、ご教示にしたがうよう努力します」

再び河田の手が伸びて来たので、北野はのけぞった。

「北野君。口が回っているじゃないか」

「失礼ながら実績ゼロに対して厭味《いやみ》に聞こえます」

2

北野は七月初旬の某日午後十時頃、六本木の小さな小さな花屋〝フローリスト・マグ〟に出向いた。

池内潤二は笑顔で北野を迎えてくれた。狭い店なので池内とは店の外で立ち話するしかなかった。

「ジュンちゃん。いよいよ契約社員おしまいの時が来ました。河田支店長に匙《さじ》を投げられたんだと思います」

「なんだ、そらぁ」

池内はアルバイトの学生に、奥から丸椅子を持ち出すよう指示した。

二人は店の外の路地に並んで座った。

「ジュンちゃん。この二か月半、脚が棒になるほど飛び込みの営業をやっているのですが、一つも契約できていません。花は売れたのに、なぜ保険は売れないんでしょうか」

と、その時、中年のサラリーマンがやって来た。

「いらっしゃいませ」

池内はすぐに起《た》ち上がった。北野も続いて「いらっしゃいませ」と声をかけた。

「きょうは妻の誕生日なのに仕事で遅くなって、プレゼントを準備できなかったんですよ。花束をお願いできますか」

客が照れくさそうに言った。

「少々お待ちください。奥様のお好きな花、ご存じですか」

「いいえ。お任せします。このお店は遅くまで開店していて、ほんとうに助かりました」

池内は十分ほどで花束をまとめあげた。手際の良さはいつもながらだ。

客が帰ったあとで、北野は池内に身体《からだ》を寄せた。

「さすがですねぇ」

「ジョージもこれぐらいはやれたよなぁ」

「ジュンちゃんに鍛えられましたから」

「今の客は初めてだと思うけど、また来てくれるかも知れないだろう」

「僕もそんな気がします。真夜中まで開いている花屋さんは他にありません。応対の素晴らしさも、花の鮮度が良いのも、この店のウリですね」

「店構えはともかくとして、日本一の花屋だと俺は確信しているんだ」

　耳にたこが出来るほどの決めゼリフだが、北野はネクタイをほんの少し緩めながら、にこやかに頷《うなず》くだけに留《とど》めた。

「まぁなぁ。ここでジョージがどんな働き方をしたか思い出してみろよ。嵐の日にはずぶ濡《ぬ》れになって、雪の日は手を凍えさせながら、お客様には笑顔で花を売ったんじゃなかったのかぁ。四年間、ここで何を学んだんだ。泣き言なんか聞きたくないなぁ」

「そんなに大きな声を出さないでください」

「地声だ。誰も聴いてないから安心しろ。俺が言いたいのはジョージがここでどれほど踏ん張ったかで、ジョージの泣き言を聞いた覚えは一度もないっていうことだ」

「ここでは辛《つら》かったことはありましたが、少なくとも惨めな思いをしたことは一度もありませんでした」

「ジョージの声も相当大きいぞ。『一度も』はやけに大声だった」

「すみません」

「確かにジョージほどここで頑張ったアルバイトはいない。街の人たちからも可愛《かわい》がられていたよな」

「花を買ってくださる人は皆さんにこやかでした。『素敵な花束をありがとう』って、お礼まで言われたことが何度もありました。なるほどなぁって、今分かったような気分です」

「その通りだ。河田さんがジョージのことで匙を投げるなんてあり得んぞ。頼りになるのはジョージ一人だけなんだろうなぁ。ちょっと、いやかなり大仰だが、河田さんが今後、伸していけるかどうかは……」

池内は中腰になって、北野と向い合った。そして北野の両肩を押さえつけた。

「繰り返すが河田さんがジョージに関して匙を投げるなんてあり得ん。叱咤《しった》激励に決まってるだろう」

北野は池内を見上げながら、二人が情報交換してるんじゃないかと気を回した。しかし、すぐに笑顔を輝かせた。

肩を寄せた池内も同様だ。

「外回りでペコペコしないことだな」

「分かりました。ジュンちゃんに元気づけられて嬉《うれ》しいです」

　北野は池内と別れ、アパートに帰ってから、寝しなに色々と思いをめぐらした。

　六本木は狭い街なので、〝フローリスト・マグ〟を利用した客たちの小さな感動が徐々に大きくなって街全体に広がっていったのだ。懸命に生きる姿を飾らずに相手にぶつければ、信頼は自然とついてくる。学生時代の四年間は大学では学べない素晴らしい経験をしたことになる。

厳しく仕付けてくれたジュンちゃん。そして、「今日も笑顔で頑張ってるね」「元気がいいね」などと声をかけて、励ましてくれた馴染《なじ》みのお客さんたちの顔が想い出されてならなかった。

　今までの僕は保険を売ってお客様からお金をもらおうとするセールスマンに成り下がっていた。毎日飛び込み先でペコペコし、売れなくて卑屈になっていた。その繰り返しだった。

　保険の営業マンは、契約時にお客様に利益を与えることがないからなんだなぁ。そうだ！　この関係を改善することから始めなければ……。

　要するに〝稼ぐ〟とは、お金を〝稼ぐ〟ではなくて、人からの信頼を〝稼ぐ〟ことなのだ。しみじみと、つくづくとそう思わずにはいられなかった。

　久しぶりにワクワクしてきた。

入社後、二か月半の間、結果を出せず、途《みち》を誤ったかと思えるほど鬱屈《うつくつ》し、落ち込んでいたのに、今夜の北野は前途に光明を見いだし、胸が高まり、『やるぞ！』『行くぞ！』と叫びたくなっていた。この高揚感を忘れてはならない。とにかく人々からの信頼を稼ぐことに集中しよう。そして行動しよう。売上がゼロ円でも、十六万円の給料で暫くの間はなんとか暮らしていける。

北野は胸の高鳴りを抑えるのに困惑し、深呼吸を繰り返した。

3

北野の行動力は見事としか言いようがなかった。

北野は朝一番、河田に会った。

「きのうは失礼しました。支店長のお言葉を叱咤激励と受け留めて、アントレプレナー制度保持のためにもうひと頑張りします」

「おう。よくぞ言ってくれた。北野君のことだから具体的な方法を見いだしてくれたんだな」

「一睡もしないで考え抜いた末、得られた結論を言います。何故か、私たちは保険屋と言われて一段下に見られていますが、それは、契約欲しさにペコペコしてお願いするだけだからなんです。しかし、銀行員が銀行屋とか金貸屋と言われることはありませんよね。彼らは、銀行マンとか銀行さんとか言われて一目置かれる存在です。物を売ることのヒントがそこにあることに気づいたんです」

「はあ？」

河田が首を傾《かし》げるのを尻目《しりめ》に、北野は話を続けた。

「買い手に対して売り手の方が優位な立場になるには銀行を味方に付けることだと気づきました。私は今まで空振りの連続でしたが、中小企業のオーナーたちが、銀行員にいかに気遣いをしているかこの目で見てきました。銀行は様々な形で彼らに融資をして、恩恵を与えているのです。お金を借りている人たちは銀行さまさまですから、銀行が私に与してくれれば、つまり銀行を味方に付ければ私の仕事はうまくいくはずです」

北野は生唾《なまつば》を飲み込んでさらに続けた。

「銀行が売りたい物を私が代わりになって売ってあげるんです。徹底的に売ってあげよう。ギブ・アンド・テイクではなくて、ギブ・アンド・ギブ。与えまくろうって考えました。銀行が欲しい預金や良質な融資先を私が見つけるんです。お客様は喜ぶし、銀行だって、まんざらでもないはずです」

河田は苦笑しいしい返した。

「君の考え方は評価する。だが、銀行と一緒に仕事をするというのは簡単じゃないだろう」

「最近のニュースで、住宅ローンの金利がここ数年で低下傾向にあり、三割ほど安くなっているということを知りました。高金利で住宅ローンを組んでいる人たちを探して、ローンの借り換えを提案すればお客様は喜ぶし、その情報を銀行に持ち込めば、銀行も大いに喜ぶでしょう」

「北野君。それは行けるな！　君一人で大丈夫か。手伝いが必要なら言ってくれ」

河田は握り拳《こぶし》を突き出して続けた。

「一週間とは言わない。いくらでも猶予を与えるので具体案を提出してもらいたい。君に目を付けた自分を褒めてやりたいよ。北野さまさまだ」

河田は拝むポーズをした。

北野はさっそく金利差を計算し、『今、住宅ローンを借り換えるとこんなに返済額が軽減されます』という内容のチラシを作って、担当エリアにばら撒《ま》いた。

チラシを撒き始めて数日後には、問い合わせの電話が相次いだ。飛び込み営業では面会すらできなかった、中堅の優良企業の経営者や従業員からの問い合わせも多かった。

チラシを配って手応《てごた》えを感じた北野は、さっそく、名刺の束から協和《きょうわ》銀行新宿西口《にしぐち》支店の松岡洋一《まつおかよういち》の名刺を探し出した。

新宿の飲み屋やバーなどで何度か会い、世間話をした銀行員の中で、最も打ち解けた人だった。年齢は北野より七、八歳上だろうか。

北野は銀行員の早朝出勤を承知していた。電話はすぐに繋《つな》がった。

「おはようございます。大東京火災の北野です」

「おはようございます。松岡ですが、北野さんからの電話は初めてですねぇ」

「はい。さっそくですが、是非ともお目にかかりたいと存じますが、いかがでしょうか」

「お急ぎですか」

「できれば今日中にでも……。厚かましいお願いで恐縮です」

「午後二時から三十分あけましょう。よろしいですか」

「ありがとうございます。それでは二時に伺わせていただきます」

協和銀行新宿西口支店の応接室で向かい合った時に、松岡は笑いながら言った。

「いくらなんでも、保険のセールスじゃないですよねぇ」

「まさかまさか……」

北野は笑顔で続けた。

「松岡さんが優良な中小企業の融資先を確保するのに苦労していると話されたことを、ふと思い出したのです」

「確かに私がぼやいた覚えはありますよ」

「私が松岡さんをサポートできるのではないかと思ったのです」

「おっしゃる意味がよく分かりません」

「住宅ローンの借り換えを希望するお客様を紹介させてくださいませんか」

「ええっ。住宅ローンの借り換えですか」

松岡は呟《つぶや》くように言って、腕組みし、天井を仰いだ。そして数秒後に北野を凝視した。

「と言うことは、当行で新規の住宅ローンの融資ができるということですか。そんないいこと取りの話は胡散《うさん》臭いなぁ。そもそも北野さんのメリットは何なんですか」

「はっきりとしたメリットがあって提案している訳ではありません。とにかく、松岡さんと一緒に仕事ができる関係を築きたいんです。騙《だま》されたと思って、暫く付き合ってもらえませんか。もし、信頼にたる男だと思っていただけたら、松岡さんが担当している優良企業を僕に紹介してください。今日は、そのことだけを伝えられれば十分です。とにかく、住宅ローンの借り換えを希望する新宿界隈の企業の経営者や従業員をご紹介しますので……」

「分かりました。北野さんが言うように騙されたと思って、いい知らせを待っていますよ」

北野は生唾を飲み込んで、大きく頷いた。

「こうやって昼間に仕事の話をするのは初めてですが、温かく迎えてくださってありがとうございました」

「いえいえ、損保の営業マンから思ってもみなかった提案をされて最初は胡散臭く思いましたが、あなたの話に嘘がないことは分かったような気がします。今の段階では私限りにしますが、実績が挙がれば、支店長に報告をします。当支店の支店長は取締役ですから、支店長を巻き込んで仕事ができれば、お互い大きな商いになりますよ」

「ありがとうございます。感謝感激です」

北野は膝《ひざ》を打ちたくなったが、低頭した。

「できれば一両日中にでもご報告に参上させてください」

「あなたも相当せっかちですねぇ」

「すみません」

「昔から仕事が出来る人はせっかちと相場が決まっていますからね」

仕事での対話中に、これほど胸がときめいたことがあっただろうか――。

住宅ローン借り換えの問い合わせをしてきた人たちとは全て面談し、個別に計算書を作成、手続きの手伝いをした。

4

北野がターゲットにしたのは協和銀行、第一勧業《だいいちかんぎょう》銀行、信用金庫などである。三菱《みつびし》、三井《みつい》、富士《ふじ》、住友など財閥系各行にはそれぞれグループの損保会社が存在していたからだ。

保険会社のディーラーが地域の企業に銀行商品を紹介する行為に警戒感を持たれることはなかった。

何よりも銀行からの信頼を得るには十分過ぎるほどだった。

活動実績が上昇し、銀行側から色々な相談を持ちかけられるまで、さしたる時間を要さなかった。

その一つが、銀行が取引している中堅不動産ディベロッパーへの七億円の融資案件の肩代りを大東京火災でやってもらえないか、との相談だった。

不動産案件の融資の肩代りによって、融資枠の余裕ができた分を運転資金への融資に切り替えたいに相違なかった。

北野はこの案件について河田支店長に相談した。

河田の判断は速い。ほとんど即断即決に近かった。

「すごい話だ。本社融資部の部長に会いに行こう。私の目が節穴でないことを再認識したよ。肝に銘じておくぞ」

「………」

「北野君、君は入社半年で私が想像もしなかったほどの成果をもたらしてくれた」

「全て支店長のお陰です。いえ、花屋の池内さんのお陰もあります」

「その若さで、しかも契約社員の身分でありながら、銀行から信頼され、大きな仕事を頼まれるとはなぁ。君の力の源泉は何だろうか。持って生まれたものなのかなぁ」

「ありがとうございます。いつも両親に感謝しています」

「いつの日か君のご両親に拝眉《はいび》する機会があると嬉しいね」

「池内潤二さんは、一度だけ父に会ってくださいました。六本木の〝かぶと家〟でご馳走《ちそう》にもなり、親孝行をしたという幸福感にも浸ることができました」

「〝フローリスト・マグ〟の池内さん、やるもんだな。〝かぶと家〟はウチでも使っているが、板前の料理長は君の旧友の親父さんだって、池内さんから聞いた覚えがあるぞ」

「はい。おっしゃるとおりです」

「きょうの話のいかんによっては、〝かぶと家〟で一席設けんといかんな」

本社の融資部長は直ちに役員の承諾を得て当該案件を推し進めるよう指示した。

「契約社員がここまでやるとは夢にも思わなかったよ」

「私は北野ならやってくれると確信していました」

「うん。もの怖《お》じしない面魂《つらだましい》も相当なものだ。いい顔している。北野君のウリだな」

北野に二人のひそひそ話は聞こえなかったが、褒められているに相違ないとの思いで、緊張感が緩んだ。

この案件によるコミッション・フィーが、両親と妹へのお年玉へと繋がった。ただし返されたので、ポーズで終わってしまったが、美談ではある。

肩代り融資は実行され、銀行から感謝されたのは当然だが、大口保険契約をディベロッパーから取り付けることもできたのである。

入社一年目の秋のことだが、以降このディベロッパーと北野との取引関係はいっそう深まり、大口取引先へと伸展してゆく。

この保険契約で北野が得たコミッション・フィーはディベロッパーが支払った保険契約料金の五パーセントであったが、入社一年目の契約社員にとっては、十分過ぎるほどのボーナスのようなものであった。

北野が元麻布のお風呂も付いていない六畳一間の安アパートから世田谷に引っ越したのは、佐藤優子との結婚を控えていたからである。

5

北野譲治は入社一年後の昭和六十二（一九八七）年三月二十八日に佐藤優子と結婚した。

紀尾《きお》井町《いちょう》のホテルニューオータニの〝桂の間〟は庭園が鮮やかに眺望できる見事なところだ。出席者は八十人。

媒酌人は新宿支店長の河田孝彌・曜子《ようこ》夫妻。河田のスピーチは冴《さ》え渡った。

大東京火災海上のアントレプレナー制度のなんたるかを披瀝《ひれき》したあとで、「この制度が機能しているのは新郎がチャレンジしてくれたからこそですが……」などと出席者に語りかけるように十分ほど話し続けた。

「北野譲治君をスカウトした私は今日ほど誇らしく胸を張れる日はありません。北野君の直近の月収は、新卒一年生の年収に匹敵します。もうちょっと頑張れば我が社の社長の年収を超えるのではないかと心配……、心配はありませんね。期待しております。会社も私も全面的に新郎をバックアップしますので、新婦の優子さんもご家族の方々も心配するには及びません。遠くない将来、保険ディーラーの会社設立に向けて大きな一歩を踏み出すことであろうと私は理解しております。起業を目指しているご友人もこの会場にいらっしゃると思いますが、北野君から大いに学んでいただきたいと願っています」

「大企業の社長の年収は三千万円以上だろう」「北野がそんなに凄《すご》い奴《やつ》とは知らなかったなぁ」「アントレプレナーとかいう制度を根付かせたのは北野らしいな。それもたった一年で」

　会場のささやき声が雛壇《ひなだん》の北野に届くことはあり得ない。北野は河田の激励に胸を熱くし、涙がこぼれそうになるのを懸命に堪《こら》えていた。

　河田は北野の入社後、二年ほどで本社勤務になった。

6

　振り返るが、北野のちっちゃな初仕事はゴルフ保険だった。不動産会社の社長は度々訪れる北野に、何とか保険契約をしたいと思ったものの、火災保険も自動車保険も長年付き合いのある保険代理店に任せており、未加入だったゴルフ保険なら入ってもいいかと契約してくれたのだ。

ゴルフ保険は、プレイ中の事故による賠償責任やゴルフ用品を損傷したときの補償、〝ホール・イン・ワン〟や〝アルバトロス〟をした時に、仲間に記念のネーム入りのボールを配ったり、飲食などで結構な物入りになるが、その時に備えるための保険だ。ほとんどは夢かそのまた夢に終わるが、夢を見る楽しさも一入《ひとしお》なのだ。

北野が最も関心を持って取り組んだのが、土木・建設など工事現場での加入が多い〝請負業者賠償責任保険〟である。建築関係に友人、知人が少なくないので、相談事も多く、情報量、情報収集力の強さは北野ならではだ。

〝請負業者賠償責任保険〟というのは、マンション建築中にクレーン車が転倒して大きな事故を引き起こした場合の賠償、工事現場での落下物による人身事故や器物破損、建設現場近くの水道管の破損で地域住民に迷惑をかけた場合の賠償等々、例を挙げたらきりがない。

そこで北野が考えたのは、通常の保険契約では補償できない工事リスクに対して特約条項を設定して契約する方法だ。つまり当該現場で必要とされる個別のリスクを補償するということだ。

通常、建設会社は本社の総務部の事務方が保険契約を引き受けている。

北野は工事現場に出向いて、現場の所長や監督などと面会し、現場で一番気になっていることや心配事などをじっくり聞いて、それを保険に置き換えられないかを検討し、現場ごとに補償内容が異なる保険契約を提案したのだ。当時では珍しいオーダーメイド保険である。

このような損害保険などの場合は、北野が得る収入は契約金の十五パーセントから二十パーセントと多額である。

契約書作成を〝設計〟と称していたが、本社の新種保険部門の社員の中に、『少しマニアックじゃないか』とでも言いたくなるほど、設計に強い人がいた。井沢《いざわ》博人《ひろと》である。

契約社員の北野が、直接井沢と話すことは許されておらず、新宿支店課長の岡本秀治が間に入って用件を伝えることになった。

しかし、北野の案件はあまりにも確認事項が多かったので、岡本が音を上げてしまった。井沢も北野と直接やり取りすることを希望したのである。

「北野譲治君だな。河田部長から聞いているが、なるほど好青年だなぁ。用向きは設計書のことだったな」

「はい。具体的な案件は電話でもお伝えしましたが……」

北野は工事現場がらみの写真や設計図などを提示して、個別案件を縷々《るる》説明した。

「保険契約者もOKしてるんだったな」

「はい。全てお任せすると言われています」

「君はそれだけ信頼されてるっていうわけだね。一にも二にも相互信頼関係の構築だ。保険契約者が大勢いるからこそ、トップ・ディーラーなり、トップ・セールスマンなりになれるんだ。最優先で設計書を作ろう。出来上がったら電話するよ」

「ありがとうございます」

「北野君は河田部長に目をかけてもらえて得したね。あの人は部下には優しいが、上には向かっていく。面倒見も良いし、一緒に仕事ができるのは幸せなことだよ」

「はい。同感です」

三日後、北野は〝請負業者賠償責任保険〟の契約書を受け取った。

契約書はA4サイズの規定の書式一枚のみで、特記事項という欄に〝別紙特約書記《ベッシトクヤクショキ》載のとおり《サイノトオリ》〟とある。別紙の特約書はA4サイズ一〇ページ余。

内容は非の打ちどころがなかった。

「すごーい。さすが井沢さんだけのことはある」

自席で思わず独りごちた。四方に目をやったが、気にされている気配はなかった。

北野はすぐ井沢に電話をかけた。

「新宿支店の北野ですが、さっそくありがとうございました。設計書がパーフェクトなのにびっくり仰天です。ほんとうにありがとうございました」

「仕事だよ。そんなにびっくりされてもなぁ」

「恐れ入ります」

「北野君のためになるっていうことは会社のためでもあるからね。そんなにありがたがるなって」

「とんでもないです。特約の設定が結構細かいですから、本当に助かります。今後ともよろしくお願いします」

「ひな形が出来たし、特約の新しい項目などを考えるのは、面白いし、結構楽しんでいるから安心しろ」

「はい。分かりました」

「もっともっと頑張ってくれよな」

「はい。頑張ります」

北野はその日のうちに件《くだん》の現場で所長にあった。

北野の話を聞き終えて、所長は「ううーん」と唸《うな》り声を発した。

「早いですねぇ。もうそこまで出来たのですか。スピード感あふれるとでも言うんでしょうか」

「所長のためになるっていうことは、御社のためにもなることです」

最前聞いた言葉を用いたに過ぎない。

「ギブ・アンド・ギブは私の信条です。そして自分のためになるっていうことは、保険会社のためにもなるのです」

「口でも行動力でも北野さんに敵《かな》いっこありません」

「私は言行一致を旨としています。不一致は一度もない筈《はず》です」

「その通りです。ここで一杯やりたい気分ですよ」

「いくらなんでも無理筋です。しかし、所長さんとなら、いつでもご一緒させてください。一杯飲み屋でよろしければ、今この場で決めましょうか」

「いくらなんでもそこまでは」

「お近いうちに是非お願いします」

「本気にしていいの？」

「もちろんです」

スーツの内ポケットを触りかけた北野を所長が手で制した。

「当然、私のほうが先輩でしょう。一杯やるとしたら私にやらせてください。ちょっとばかり交際費も使えるんです」

「私は二十六歳ですが」

「じゃあ五つもこっちが上ですよ。ただ、お互い忙しいから日程調整が大変かな」

「そうですね」

北野は、ここは遠慮して当然だと思った。ところが所長は作業着の胸のポケットに手をやりながら、にっこりした。

「別の工事現場ですが、仲間を紹介させてくれませんか」

「願ってもない」

所長は、当該工事現場の場所と現場監督の名前等々のメモを北野に手渡してくれた。

「ありがとうございます。大きなご褒美を頂いた気持ちです」

北野は再び最敬礼した。

7

北野は平成三（一九九一）年三月に大東京火災海上保険を退社した。

北野は二十八歳で念願叶《かな》って起業家になった。保険代理店の〝ジョージ・コーポレーション〟を立ち上げたのだ。資本金は一千万円。

事務所は西新宿のヒルトンホテルの近くにある雑居ビルの一室だった。平成三年四月上旬のことだ。二十代後半の女性事務員を雇用したが、電話当番以外にさして役に立たなかった。

当時、大東京火災ではアントレプレナー制度の契約社員が独立した場合、売上連動型の独立奨励金が支給されていた。その金額は二百万円で、大いに助かった。

北野は契約社員時代の保険ディーラーの延長上で仕事をするだけではなく、税制を利用した新保険商品の開発などにも勤《いそ》しんだ。

〝ジョージ・コーポレーション〟の主力保険商品は、中堅ゼネコンなどを相手にしたオーダーメイドの〝請負業者賠償責任保険〟（通称ウケバイ）と〝建設工事保険〟（通称ケンコウ）だ。

土木会社や建築会社など工事関係の多くは、〝工場の火災・地震保険〟、〝労働災害保険〟など、何種類もの保険に加入しているので、負担額も少なくない。北野はギブ・アンド・ギブに徹し、現場の関係者と良く話し合い、オーダーメイド商品を作って、最適な保険を提供していた。

また、ゼネコンの業界は土木・建築工事を、発注者から一括して請け負うピラミッド型重層構造をしているため、空調工事、電気工事、防水工事など様々な職種の人たちが働いており、裾野《すその》が広い。

北野のオーダーメイドの保険の優位性は、このような一次、二次下請け会社などにも伝わって行き、〝ジョージ・コーポレーション〟の主力商品となった。

会社設立後、ほどなく河田を挨拶《あいさつ》で訪ねた。

日本橋《にほんばし》三丁目の本社の部長職に転じていた河田の笑顔は、素晴らしかった。

「北野君ありがとう。よくぞ五年も……。君のお陰で私も鼻高々だ。いよいよ会社の社長だな。私が非常勤会長なんてあるわけないよなぁ」

「冗談にも程がありますよ。電話当番の女性がいるだけですから。私は社長兼社員兼小間使です」

「君が損保のトップ・ディーラーの延長上に在ることを知らない人を探すのは大変だ」

北野は言い返せず、にこにこしているしかなかった。冗談にも程があるどころではない。

「三年で辞めてれば、もっともっと良かったと、君の顔に書いてあるぞ」

北野の表情が目一杯崩れた。

「否定しません。おっしゃる通りです」

「話は飛ぶが〝桂の間〟で会社設立パーティがあっても良いと思うぞ」

「それこそ冗談にも程があります。その途端、みんなにそっぽを向かれますよ。私は一巻の終りです」

「そうかなぁ。北野君なら許されるような気がしないでもないけど」

北野は首を振り続けるしかなかった。

「それにしても君と同期の正社員二百名も〝契約社員〟の北野譲治一人に負けたものなぁ……」

「オーバーですよ。当初は空振りの連続でした」

「実感としては、そういうことなんだなぁ。契約社員の君以外の十九名で、結局起業した者はいなかった」

「認めざるを得ません。ただ、入社一年目の七月まで、辛い切ない思いをしたことを忘れずに糧にしたことで、今日の私が在るような気がします」

「へえぇ。そんなの私はとっくに忘れてるぞ」

『忘れる訳がない。記憶力も判断力も半端じゃない。あなたは凄い人なんです』

北野は言い返そうと思ったが、左手で後頭部を撫《な》でつけるに留めた。

「それにしても……」

河田が右手を挙げてグーチョキパーのパーを出した。

「五年もなぁ。よくぞ頑張ったとしか言いようがないよなぁ」

引っ張り過ぎで抑揚あり過ぎだ。もっとも、大袈裟《おおげさ》、大仰と取ってはいけない。我ながらよくぞと思って当然なのだ。

「おっしゃる通りです」

「いろんなことが思い出されてならないだろう。一晩中泣いたこともあっただろうなぁ」

「一晩中はオーバーですけれど。そんな感じはあります。一睡もしてないとかよく言いますが、気分的にはそんな思いを一杯しています。それでも最低二、三時間は寝てるんですよね」

「分かる分かる。私だって君の立場になって考えたことがあるからなぁ。君が大ホームランを放ったときの嬉しさ、喜びと言ったらなかった。家族一同で乾杯したことを思い出すよ」

「はい。河田さんに、ずうっと監視されていたことは実感していました」

「そうだろう。北野君なら必ずやってくれると確信していたが、途中で辞めてしまわないかと心配したことも事実だ。君に言われるのは悔しいので、自分で言う。君がこけたらこっちも一巻の終りだった」

「あり得ません。そうですね、左遷はあったかもしれませんね」

河田は右手をさかんに行ったり来たりさせた。

そして、深呼吸並みに大きく吐息した。

「私の後任の鈴木支店長も岡本課長も大喜びしたと思うぞ。北野君のお陰で……」

「大喜びしたんですか」

「先回りするな」

河田は笑顔だし、優しい声だった。

北野は声をたてて笑いだしたいくらいだ。それじゃなくても声が大きい。

四周がシーンとなっているのも分かる。

北野は思いきり声量を落とした。

「反省、猛省している面も多々あります。いい気になるなって、自分に言い聞かせたこともあります」

河田も声を潜めた。

「北野君の凄みだよなぁ」

「凄みで河田さんに勝てる人はいません。全て良い意味ですよ」

「負けたぁ」

潜めたのは、ほんの一瞬だ。

「ところで、社長になった気分はどうなの」

『これで五回目だ』

「小間使の気分の方が圧倒的に多いです」

「違うだろう。トップ・ディーラーだと思うけど」

「はい」

「みんなに見張られてる気がしないのか」

「そこまでは考え過ぎです。考え出したらきりがありませんが、良い方、良い方にと思うまでです」

「悪い方悪い方がないはずないだろう」

「当然のことながら……」

「そうだと思うよぉ」

「〝雨にも負けず〟です。でも本当はくじけそうになったことが一杯あるんです。妻のお陰が一番です」

「私もそうだぁ。なんだかんだ言っても、サラリーマンに限らず良妻か悪妻かで決まるんじゃないのか。女房のフォローのいかんで多くのサラリーマンは決まるんだ」

河田は頬を撫でながら思案顔になった。

「ちょっと違うな。私の場合は部下に恵まれたっていうことになるし、能力を引き出してくれる上司に出会えるかどうかも問題だ」

「手柄を独り占めにする上司が結構いるって友達から聞いたことがあります」

「心しよう。最も大切なことは自助努力のいかんだろうな」

河田は女性事務員からメモを入れられて、

「申し訳ない。近日中に一杯やろうや」と言って腰を上げた。

8

〝ジョージ・コーポレーション〟は極めて順調に業績を伸ばした。

オーダーメイドの保険で、顧客を増やし、顧客からの口コミでさらに広がるので、信頼を稼いでいることが実感できた。

北野が協和銀行の松岡洋一に魅了されたのは、人柄の良さもさることながら、人脈の広さだ。新宿西口支店から赤坂《あかさか》支店に異動した折には、赤坂エリアのお客を何人も紹介してくれた。また、企業のオーナーたちも結構紹介してくれたのだ。

「これから伸して行きそうな学習塾があります。実は当行がメインバンクなのですが、オーナーには、大きく成長することをお望みなら、日本興業銀行と取引したほうがいいと話しているんです。北野さんは、興銀に親しい友人をお持ちでしたよね。この案件を興銀マンに橋渡しをしていただけないですか」

北野はさっそく学習塾を経営している佐藤雅夫《さとうまさお》に会った。

「学習塾は成長産業と聞いています。拡大基調にあるので、興銀にとっても喜ばしいことだと思います」

「なるほどねぇ。成長産業ですか」

「興銀日本橋支店に副調査役で飯田《いいだ》浩一《こういち》君という長年の友人がいます。僕と同期、といっても彼は慶應経済出身ですが、優秀な男です。もし彼が御社に関心を示してくれたら、一層素晴らしい会社に成長させてくれること請け合いです。善は急げで、早速連絡を取ってみます。上手くいくことを願っています」

話はとんとん拍子に進んだ。飯田が、学習塾を経営する会社の将来性に大いに興味を示したのだ。一段落したところで、佐藤が北野に嬉しそうにのたまった。

「北野さんのパワーを見せつけられました。興銀が喜んで取り引きに応じてくれたのは、北野さんのお陰です。北野さんが優良取引先とか成長産業とか大いに売り込んでくださった。北野さんの信用力に負うところが大きいと思います」

「学習塾が成長産業であることを篤《とく》と拝見させてもらいます」

「ご期待に沿うよう頑張りますよ」

当該学習塾の快進撃ぶりは北野の予想を遥《はる》かに超えていた。

飯田が描いた成長のシナリオどおりの目が覚めるような提案を行い、成功させたのだ。

新商品を提案して、受けに受けたケースがある。

バブル期の影響も少なからずあったが、保険加入によって企業の節税に結びつく商品〝補償付きの積立傷害保険〟の利用を提案したことだ。北野が銀行に持ちかけた。

例えば、黒字会社であれば銀行から一億円の融資を受けて、積立傷害保険を購入する。その内の二十パーセント（二千万円）は契約期間中均等に福利厚生費として損金算入処理ができるため、節税しながら補償も買って、しかも運用までできるという仕組みだ。

銀行は満期時の受け取り額が担保となり、貸し出し金利が得られるのだ。北野もコミッション・フィーが得られるのだから、〝三方良し〟で大仰に言えば笑いが止まらない類《たぐ》いということになるのだろうか。

クライアントの節税に貢献できるような保険商品を次々に提案し続けた。

北野は約十年間、保険ディーラーのトップランナーを走り続けた。快走できたのは、相手に寄り添った保険商品を提供したことはもちろんだが、相手が誰であろうと、面会、面接では笑顔を忘れなかったことによる。決して自惚《うぬぼ》れることはなかった。

笑顔を忘れず、どんな困難にも耐えられるのは、心やすらかであたたかい両親と妻のお陰だと、いつも我が胸に言い聞かせていた。

第三章　スカウト攻勢

1

ジョージ・コーポレーションの仕事はユーザーから受けに受け、順風満帆を謳歌《おうか》していたが、北野譲治自身は保険ディーラーの仕事に飽き足りない思いを抱き始めていた。

起業して約十年になる。ＩＴ、ネット関連などで新時代の企業家が脚光を浴び、世の中が急速に変化している時代でもあった。

折りしも日本輸出入銀行《にっぽんゆしゅつにゅうぎんこう》ニューヨーク支店に駐在していた友人の会田《あいだ》守志《もりゆき》から電話がかかってきたのは、平成十二（二〇〇〇）年九月九日土曜日の午前七時頃のことだ。

会田は興銀の飯田とは慶應経済の同期で、小野や飯田同様に北野が最も信頼する友人である。

会田が興奮気味に早口でしゃべる内容は、タイムラグもあって聞き取り辛かったが、北野の人生を大きく変えてしまうような話の内容だった。

「さっき、ジェトロ（日本貿易振興会）・ニューヨーク事務所であった講演会を聴いてきたんだけど、メインスピーカーは日本人で、ボストンでイーパーセルというＩＴベンチャーを創業した財津《ざいつ》正明《まさあき》っていう凄い人物なんだよ。講演の内容に感激したので、スピーチが終わって直ぐ駆け寄って、名刺交換をして暫く立ち話したんだよね。そうしたら、彼が、日本での事業展開を考えているらしくて、事業パートナーを探しているので、俺に相談に乗って欲しいって言うんだよ。それで、来週の金曜日にディナーを一緒にしようと誘われたんだけど、話の内容次第では北野を推薦してもいいかな？」

「随分興奮気味な話しぶりだけど、僕は、ＩＴに興味はあるが、専門的なことはまったく分からないから、その話に乗るのは難しいと思うよ」

「まぁ、そう言わず、頭にインプットしておいてよ。僕の直感だが、面白い展開になる予感がするんだ」

「分かった。じゃあ、その彼と会うのは一週間後の金曜日の夜なんだね。連絡を待っているよ」

九月十五日午後六時、会田と財津はニューヨークのミッドタウンにあるホテル、ザ・ウォルドーフ・アストリアにある日本料理レストランの〝稲《いな》ぎく〟で向かい合っていた。

〝稲ぎく〟の個室でディナーを摂《と》りながら会田と財津は以下のようなやりとりをした。

「プログラミングはどんなふうになさってるのですか」

「東欧からヘッドハントした国際数学オリンピックの選手権者や国際チェス大会のファイナリスト、国際情報オリンピックのチャンピオン、イスラエル秘密研究所の研究員やら若い数学の天才児たちを使っていますが、各自にパーツパーツを作らせて全体像は把握できないようにしています。つまり私の真似は絶対できない仕組みです」

「なるほど。よく分かります」

「会田さんは英語が堪能《たんのう》なのですね。私のスピーチが理解できたわけですから」

「はい。学生時代に仲間とアメリカでバス旅行したり、色々と学びました。元来英語が好きで、輪銀のニューヨーク支店駐在も手を挙げて売り込んだ成果だと思います」

「学生時代にアメリカ旅行をしたんですか。私も同世代ですが、あの頃は海外への卒業旅行など流行《はや》っていましたね」

「私は埼玉県八《や》潮《しお》市の出身ですが、父親は藍《あい》染め事業をしておりました。職人さんが大勢いたのを覚えています。手広く事業をしていて、家は裕福でした。中学は東京の根津《ねづ》に越境し、高校から慶應です」

「ニューヨークに来て何年になるんですか」

「まだ半年ですが、ニューヨークが気に入っています。人との出会いも含めて学ぶことがたくさんあります」

「仕事が愉《たの》しいのですね」

「はい。立場は支店長に次ぐ次席ですが、言いたいことは全てストレートに話していますので、ストレスは皆無に近い状態です」

「上司に恵まれたとも言えますね。私は今の仕事を日本でも本格的に展開するために拠点づくりに取り組みたいと考えているのですが、会田さん、私のパートナーになってくれませんか。給与が輸銀より遥《はる》かに多いのは当然です」

「私よりうってつけの男がいます。名前は北野譲治、保険ディーラーで起業し、大成功しましたが、十年経ったいまはＩＴに関心を示しています」

会田が北野の来し方を詳しく話すと、財津は「是非ともスカウトしたい。いや必ずしてみせます」と言い切って、会田を驚かせた。

九月十六日土曜日の午前九時過ぎ、ニューヨークの会田から携帯電話がかかってきた。前回と打って変わって会田が静かに話し始めた。

「先週話したイーパーセルの財津社長と今までディナーを一緒にしていたんだ。彼は日本法人を作って、そこで働いてくれるパートナーを真剣に探しているんだって。実を言うと、俺を誘ってきたんだけど、さすがにそれは断った。その代わりそのポジションにうってつけの人物がいると北野のことを話したら、ぜひとも会いたいと言ったんだ。彼は本気だよ。冗談やお世辞を言う人じゃないと思う」

「藪《やぶ》から棒にそんなこと言われてもねぇ。ぴんと来ないよ」

「そりゃあそうだ。フェイス・ツー・フェイスじゃなければ分からんよな。財津さんは二か月ごとにアメリカと日本を行ったり来たりしている人だから、そのうち本人から声がかかると思うな。北野、いつまでも保険屋でもないだろう。起業して十年になるんじゃないのか」

「二十八歳の時に独立したので、そろそろ十年になるねぇ」

「ＩＴに関心ないのか。あるだろう。北野は理系だしなぁ」

「理系の隅っこだけど、ＩＴに無関心ではいられないよ」

「だったら、財津さんに会うべきだと思う。いや、会ったほうが得だ」

「僕にボストンだかニューヨークに行けって言いたいのか」

「そんなことは言ってない。財津さんは北野に会いたくて会いたくて仕様が無いんだから、おまえは東京で待ってればよろしい。俺の勘では、そのうちなんて話じゃないな。相当なスピードで進むんじゃないのか」

「保険稼業も、信頼を稼いだお陰でうまく行っているから、悩むところだな」

「財津さんに会えば北野の気持ちが変わるに違いないと思う。日本の拠点の責任者としてスカウトしたいんだろうな」

「そんなに財津さんなる人物に惚《ほ》れ込んだのなら、会田が受けたら良いと思うけどなぁ」

「違う違う。余人を以《もっ》て代え難い。北野しか眼中にないんじゃないのか」

「会田が僕のことをオーバーに売り込み過ぎた結果だろう」

「とんでもない。ありのままの北野の今日までの軌跡を話したまでだ。結果オーライに決まってる」

「僕が財津さんに会いたくないって断ったら、それまでだろう」

「北野、気は確かか。おまえと俺の仲でそれはないと思うぞ」

「まあねぇ」

「詳しいことはメールで知らせる。北野にとって朗報であることは間違いない。今話したことを忘れないでくれよな」

「分かった」

2

ほどなく北野に会田からメールが届いた。

会田からのメールの内容はあらまし以下の通りである。

「貴兄の契約社員時代の仕事ぶり、稼ぎぶりを財津正明氏に話したところ、是非ともお会いしたいと言われました。近日中に帰国する予定があるとの由です。勝手ながら貴兄のメールアドレスを教えてしまいました。

小生は財津氏を尊敬しています。貴兄にとっても財津氏は良き先輩、良き仲間になるのではないかと確信し、貴兄を紹介する旨お伝えしました」

会田の奴、余計なことをと北野は思わぬでもなかったものの、会田ほどの男が心酔するくらい、財津氏が相当な人物であることは察して余りある。

財津はボストンにあるイーパーセル・インクの代表取締役社長である。慶應義塾大学卒業後は三菱電機に入社し、国家事業をマネージメントする特殊教育を受けて、百億円以上の国防システムのプロジェクトを遂行したチームの一翼を担った。

優秀なプロジェクトリーダーのもとで、広範囲にわたる技術を習得することができたとも言える。三菱電機にはＭＢＡ留学制度は存在しなかったが、財津は新システムを切望し、上司をかき口説いて成就した。帰するところ、ＭＩＴ（マサチューセッツ工科大学）への社費留学が叶《かな》った訳だ。

九月下旬に一時帰国した財津は、初対面の北野に恰《あたか》も十年来の知己でもあるかの如く、親しみを込めて接し、ホテルオークラの〝さざんか〟の個室に招いてくれた。

財津は長身で精悍《せいかん》な面立ちだ。学生時代に剣道をしており姿勢も良かった。

名刺交換し、ビールで乾杯するやいなや財津は出し抜けに言った。

「私と一緒になるためにビジネスを変えませんか。あなたと私は共通点、共通項が結構多いと思うのです。頭脳明晰《めいせき》であること。仕事大好き人間であること。まだまだありますよ……」

「ちょっとお待ちください。僕は建築科ですので財津さんとはレベルが違います。母方の祖父が宮大工でしたので、木の香が漂う小屋の中でノミやらカンナなど大工道具に囲まれて育ったヤンチャ坊主が保険のセールスマンになったに過ぎません」

「ご謙遜《けんそん》ご謙遜。地元の高校に行かず、電車で岡山朝日高校に通学したのでしたね。勉強大好き、学ぶことが大好き、好奇心の強さも相当なものでしょう。私が一時帰国したのは、北野譲治さんをスカウトするためであることは、会田さんから伝わっていると思いますが、この私を手ぶらで帰そうなんて冗談じゃないですよ」

北野は財津をじっと見た。

『手ぶらでボストンに戻ってもらうしかありません』

「北野さんは戦略、戦術にも長《た》けています。会田さんほどの人がそう言ったのですよ。私の見立てに狂いはない。自信があります。見間違いは決してしません。日本にもネットシステムベンチャーはいっぱいありますが、果たして地球規模にまで育つのかどうか。日本で電子物流市場を制覇する人がいるとしたら北野さんしかいません。損保のセールスマンで終るのは勿体《もったい》ないと思いませんか。失礼！　ジョージ・コーポレーションの社長さんでしたね。失礼は百も承知で話しますが、住む世界を変えれば、あなたはもっと輝きますよ」

　財津は夢中で話している。高揚感もあって当然だ。しかも食事を摂りながらなので、唾《つば》が飛んできたりもする。

　北野は微笑を消さずに話を聞くのに往生した。それこそ財津ほどの人物に口説かれているのだ。辛抱辛抱、我慢我慢と我が胸に言い聞かせるしかない。

　蝶《ちょう》ネクタイのソムリエが何度も顔を出す。すでに白ワインを一本あけていた。

「赤ワインを飲みましょうか」

「ええ」

　財津の話は延々と続いた。

「私がＭＩＴに留学したのは九〇年代初頭、インターネットの黎明《れいめい》期でしたが、素晴らしい発想の技術が製品化され、勢いのあるネットベンチャーが次から次に出現していました。私は、物流ビジネスをインターネットの世界に持ち込んで電子物流ビジネスをやってみたいと思い、イーパーセルを起業した訳です。北野さんが保険ディーラーとして獲得したセールス力や人的ネットワークを、世界初の電子物流市場にトレードしましょう。世界に通用する技術でITベンチャーを日本で立ち上げるんです。ぜひ協力してください」

「過大評価しないでください。僕のパワーは財津さんの十分の一以下です」

「厭味《いやみ》たっぷりですねぇ」

「違います。自分自身の力量がどの程度か分かった上で、申し上げました。今の仕事が面白くて仕様がないことも事実です。お得意さまとの関係を考えただけでもトレードなんて気が遠くなります。僕のような者に声をかけてくださったことは感謝しますが、まことに申し訳ありませんが、お断りさせてください」

「あなたのそういう謙虚な面も気に入りました。しかし、私は〝ハイ分かりました〟と引き下がる訳には参りませんよ。必ずイエースの返事を取りつけるつもりです。私が北野さんをスカウトできなかったら日本の国益にもとるとさえ思っているのです。私は、アメリカから日本に逆上陸して、でっかい〝電子物流市場〟を創出したいんです。そのためには、若くして起業の経験があり、経営の成功体験を持ち、さらに冒険心と情熱に溢れたあなたのような人材が必須なんです」

財津は箸《はし》をテーブルに戻して、右手を突き出した。

北野は負けずに言い返した。

「財津さんご自身が日本に戻って、事業を根付かせたらいいじゃないですか」

「私はアメリカの文化にすっかり馴染《なじ》んでしまいました。融け込んでしまったのです。日本は北野さんにお任せしたい。どうか私を信じてください。私の右腕になってください。保険ディーラーなるビジネスモデルには限界があるのではありませんか」

「私の会社には将来がないような言い方は、ちょっと失礼じゃないですか。確かにイーパーセルのような時代の最先端を切り拓《ひら》くビジネスでないことは認めますが、十分社会の役に立つ事業だと思っていますから」

「失礼、気を悪くしたのなら謝ります」

「財津さんは第二のソニーやホンダを目指して起業したのですか」

「時代が違い過ぎる。私がボストンで起業したのは四年前ですよ。第二のソニー、ホンダは不可能です。ただ、経営者としては、誰もが畏敬の念を抱くソニーやホンダの創業者のような立派なトップリーダーになりたいと願っています。北野社長のスカウトに成功したら、私の計画は限りなく成功に近づくことは間違いありません」

「……………」

「失敗談もしないとねぇ」

財津が北野を上目遣いにとらえる目がいたずらっぽかった。

「ある企業の幹部だったイスラエル人を三顧の礼で迎えたのですが、その男に会社を乗っ取られそうになったのです。寝首をかかれずに済んだのは、護身班に私を囲んでもらえたからです。護身班は私が絶対信頼できると確信した人たちで、彼らも私を信頼している。いわば直感ですが、会田さんから北野さんのことをいろいろ聞いた時、ぴんと来ました。私の直感が外れたのはそのイスラエル人一人だけです」

「身に余るありがたいお話ですが、申し訳ありません」

北野は時計を見ながら低頭した。

「あしたのディナーに付き合ってください。六時に帝国ホテルの新館の〝北京《ペキン》〟でお待ちしています」

財津は返事も聞かずに起《た》ち上がっていた。

3

二夜連続、財津は執拗《しつよう》に北野を口説き続けた。財津は帝国ホテルの〝北京〟でフルコースの中華料理を食べ、ワインを飲みながら、一方的にしゃべり続けた。

「技術で世界を変えようじゃないですか。ＩＴ技術で世界の電子物流市場を制覇しましょう。あなたと私が結束すれば百パーセント可能です。ご指摘のように初めは一人で日本法人を立ち上げることも考えたのですが、ボストンを長期間留守にするのは困難です。会田さんのサポートもこれありで、北野さんに目を付け、あなた以外に考えられないとの思いを深め、昨夜あなたを目の当たりにして私の直感が的中したことを確認し、嬉《うれ》しくて嬉しくてなりませんでした。あなたの夢を見て、寝言をこいたかもしれませんよ。三菱電機は国家とがっちり繋《つな》がってましたが、ベンチャーは個人の力量が問われます。私の要請に応《こた》えられるのは北野さんしかいない、北野さん以外に存在しません。昨夜打ち明けましたが、直感が外れたのはたった一人です。イスラエル人には痛い目に遭いましたが、それを糧にするところが私の取り柄の一つでもあるのです」

「こんなにご馳走になりながらお断りするのはいかがかと思いますので、今夜は僕に幹事役をやらせてください。大先達に対し失礼とは存じますが、保険セールスに未練たらたらで、財津社長の限界説に反発せざるを得ません」

　北野はワインを呷《あお》ってから、低く低く頭を下げた。

「またその話を持ち出すんですか。その件は昨日、詫《わ》びたじゃないですか。私が言いたかったのは、あなたが積んでこられたキャリアは、これから広がるインターネットビジネスの分野で伸ばして行くべきだということです」

『さすが慶應工学部の〝金時計〟だけのことはある。本音を隠して上手い切り返しをしてくる。ふざけやがって』

「保険セールスで世界制覇は無理筋とか言ったかもしれませんねぇ。言った言わない、はよくある話ですが、昨夜は北野さんにお会いできて、舞い上がっていましたから、あなたに誤解、曲解された節があってもおかしくない。失礼の段ご容赦ください」

財津に低頭されて、北野は辟易《へきえき》したが、頭を上げた時は笑顔だった。

「北野さんが幹事役なんて、とんでもないです。お気持ちだけいただきます」

財津もワインを呷った。そして、二つのグラスを満たした。

「私は引き下がりませんよ。そう言えば昨夜、北野さんをスカウトできなかったら国益にもとると話したことをお忘れになっていませんよねぇ」

北野はあいまいに頷《うなず》いた。オーバーにも程があると思ったまでだ。

「本音、本気です。直感です。直感が外れたのはたった一人だけです。どうかお忘れなく」

北野は横を向いた。直感イコール思い込みの激しさと考えぬでもなかったからだ。

「どうでしょう。一度ボストンの私のオフィスをご覧になりませんか」

「お言葉だけ……」

「超多忙はお互いさまですね。私は北野さんからイエースを引き出すまで、粘り抜く覚悟です」

「………」

「とにかく私の直感は、大学、三菱電機のエリート教育集団、ＭＩＴ等々によって研《みが》かれたのです。北野さんもどうか私の直感を信じてください」

「財津ＣＥＯの輝かしいキャリアにつきましてはただただ驚き、敬うしかありません。昨夜、僕などとはレベルが違うと申し上げました。今のビジネスが僕に相応《ふさわ》しいとの思いを今宵《こよい》も新たにしました。財津ＣＥＯにいくら感謝してもし足りないと思わずにはいられません」

「なにをおっしゃる。私が諦《あきら》めるとでも思っているのですか」

「断じてお受けする訳には参りません。僕ごときを評価してくださったことは感謝します」

北野は一揖《いちゆう》して起立した。

財津はあわてて北野を押えつけるような仕種をして、時計を見た。

「まだ九時五分過ぎじゃないですか。私は置いてけぼりですか。私を一人にしないでください。本館の中二階に〝オールドインペリアルバー〟があります。二次会に付き合ってください。その前にトイレに行かせてもらいます」

北野はツレションという訳にもいかないし、幹事役も無理だなと思わざるを得なかった。

二次会でも口説きまくられて、北野は『いい加減に勘弁してください』と悲鳴をあげたいくらいだった。

「どうか私の直感を信じてください」

『〝直感〟は耳にたこが出来るほど聞いた。それにしても世の中にはもの凄《すご》い人がいる』

「外したのはイスラエル人、一人だけでしたね」

「皮肉のつもりですか」

「いいえ。財津創業者兼ＣＥＯほど素晴らしい方にお目にかかったことはありません。当惑していることは確かですが」

北野は時計を見ながら言った。

「もう十一時です。本日はありがとうございました」

「タクシーで送りましょう」

「地下鉄のほうが早く帰宅できますので」

「それでは駅まで送らせてください」

財津は地下鉄駅構内でも、電子物流市場のビジョンを延々と語り続け、終電車近くまで止めなかった。

北野は馬耳東風を決め込んで、『雨ニモマケズ、風ニモマケズ、雪ニモ夏ノ暑サニモマケヌ……』を胸の中で口ずさんでいた。

三日連続の面会はなかったが、その後の長電話でのやりとりに、北野は閉口し、うんざりもした。だが財津の熱意にほだされた面が皆無と言えば嘘になる。

「昨夜、イエースの返事が聞けなかったのは残念至極ですが、少なくともノーは撤回してもらえたと思っています」

「気持ちが揺れています。少し時間をください。七・三か八・二でしょうか。お断りする確率のほうが高いと申し上げておきます」

「逆でしょう。私は安心してボストンに戻れます。ボストンで良い返事を一日千秋の思いでお待ちしています。北野さんが私の直感を信じてくださったことに感謝します。ありがとうございました。さようなら」

一方的に電話は切れた。

4

北野は仕事が手に付かず、部下の一人の小日向《こびなた》佐多央《さだお》に「体調を崩したので僕の分を手伝って欲しいんだ」と語りかけた。

「顔色が優れませんねぇ。社長の仕事の一部しかお手伝いできないと思いますが、精一杯頑張ります」

「本当にありがとう。恩に着るよ」

小日向の奮闘ぶりに、北野は目を瞠《みは》った。小日向に任せられるかもしれない。間然するところがないとでも言いたいくらいだ。

〝財津ショック〟の一週間後の夜九時過ぎに、北野は思い余って、池内潤二に電話をかけた。

「こんばんは。ジョージですが、今から伺ってもよろしいでしょうか」

「おお、ジョージ。ひと月ぶりじゃないか。喜んで待ってるぞ」

昔は六本木の小さな露店だったが、今や大きな花屋に成長していた。

北野から話を聞いて、池内は「ふぅーん」と唸《うな》り声を発した。

「ＩＴ、インターネットとはなぁ」

「僕はきっぱり断ったのですが、強引な人で、二日間、長電話もカウントしたら都合三日間も、かき口説かれました。少々気になったのは保険ディーラーの限界説です」

「生意気な奴だなぁ」

「学部は違いますが会田さんと同じで、慶應工学部の〝金時計〟なんです」

「自分で言ったのか」

池内の表情がこわばった。

北野は微笑んだ。

「いくらなんでもそこまでひけらかす人はいませんよ。会田からのメールにありました」

「会田氏のことはジョージから何度も聞いた覚えがあるな」

「〝スカウトが叶わなかったら国益にもとる〟はオーバーにも程がありますが、悪い気はしませんでした」

「会田氏の入れ知恵もさることながら、ジョージに目を付けたとは、さすがじゃないか。ジョージは二人掛かりで口説かれている立場なんだな」

「なるほど。そういうことになりますかねぇ」

「ジョージは限界説をどう思ってるんだ？」

「冗談じゃない。ふざけるなって言いたいくらいです」

「だったら断るしかないか。しかし二人掛かりで三日続けては半端じゃないよなぁ。直感が外れたのはイスラエル人ただ一人っていうのも、凄《すげ》え凄え。三日どころかジョージを口説き落とすまでボストンに戻らないなんて言い出すかもなぁ」

「もう戻りました。ジュンちゃん、まるで僕をこっちからあっちへ行けって焚《た》き付けているみたいに聞こえますよ」

池内は右手を振った。

「インターネットはアメリカ発の新たな文明の利器で、世の中のあらゆる仕組みを根底から変えようとしている。俺は反発している口だし、日本の文化を壊されてなるものかとも思っているが、流れに逆らうよりも乗るほうが楽ちんかもしれないな」

「人の気持ちや感情まで流される筈はありませんよ。ボストンに電話をかけて断ろうと思います。きっぱりと」

　北野は気合いを入れるように胸を張り、引っ張った声で言ったが、内心穏やかならぬものがうごめいていた。

「優子も反対すると思います」

「仕事のことは家庭に持ち込まないとか聞いた覚えもあるなぁ」

「話さない訳にはいきませんよ」

「ただ断るだけのことなら、優子さんに話す必要はないと思うが」

「なるほど。そういうことになりますねぇ」

「ジョージの気持ちは相当揺れてるんじゃないのか。俺に会いに来たことが、その証《あかし》でもあるよな」

「参ったなぁ。ジュンちゃんには敵《かな》いません。すっかりお見通しなんですよねぇ。繰り返しになりますが、直感を信じてくれと何度も聞かされました。直感が外れたのは一人、一度だけだとも」

「慶應の〝金時計〟って言えば、会田氏も経済学部の金時計だったよなぁ。〝金時計〟二人に口説かれて、ジョージが心をかき乱されるのも分かるよ。そやつがジョージに目を付けたのはさすがだって褒めてやりたいところだが、ジョージから話を聞いただけでも、俺が好きになれるタイプじゃないなぁ。さしずめ思い込みの激しい、激情家っていうべきで、もっと言えば鼻持ちならない厭味な奴って感じがする。三菱電機時代の特殊チームで、百億円以上の国防システム・プロジェクトに関与したとなれば、ボストンででかい顔して、のし歩いてるに相違ない。電子物流市場で世界制覇しようとも言ったそうだが……」

　池内はしかめっ面で眉《まゆ》に唾を塗る仕種をした。

「誇大妄想的な面が無きにしも有らずだろう」

「二人掛かりと矛盾しませんか」

「しないしない。会田氏と財津氏とはおそらく両極なんだろうな。北と南、左と右みたいなのに限って引きつけ合うんじゃないのか。ジョージと俺の仲にしても、そんな感じはある。そんな気がせんでもないぞ」

「そうかなぁ。師と弟子の関係にして友達付き合いもしてくださる。僕はジュンちゃんを尊敬しています」

「それはお互いさまだ。俺もジョージに一目も二目も置いている。財津氏の話に戻すが、俺はどちらかと言えば反対だ。おまえは賛成すると思ってやって来たんだろうが、逆で悪かった」

「直感イコール思い込みと取れないこともありませんよねぇ」

北野はどうしてよいか分からないとでも言いたいのか、なんともいえない顔をして、右手でさかんに頭を掻《か》いた。

「判断するのはジョージだ。仮におまえが社長業を辞めたとして、引き継ぐ人はいるのか」

「それがいるんです。体調を崩したと嘘をついて、僕の仕事を任せてみたら、結構どころか相当やれることが分かりました。僕自身、仕事を取られそうだっていぅか、複雑な気持ちです」

「おまえ、後継者のことまで考えてるのか。そうなると俺の反対は裏目に出て、火に油を注ぐような按配《あんばい》になるかもなぁ」

池内に凝視されたが、北野は見返せなかった。

「いわばジョージは人生の曲がり角に立っていることになる訳だ。選択肢は保険ディーラーの社長業を続けるか、電子物流市場とやらに飛び込むかの二つだが、俺の反対は気にしなくていいからな」

「気にしますよ。火に油を注ぐとまで言われたんです」

「ともかく俺が反対したことは覚えておいてもらいたい」

「忘れられる訳がありません」

「ジョージのことだから、もう飛び込むことに決めてるんだろうなぁ。そうだとしたら、立つ鳥跡を濁さずが肝心だ。ジョージ・コーポレーションの後継者を見極めることだな」

「その点はジュンちゃんに鍛えられてますから、ぬかりなく人事を尽くします」

「そうか。決まった訳だな。俺は高みの見物で行くとするか。花屋風情は気楽な立場だ」

「ジュンちゃんに見守られている僕の立場も存外気楽なのかもしれませんよ」

「ジョージなら財津氏に振り回されずに立ち向かうだろうな」

「立ち向かうのは無理筋です。どこまで協力できるか分かりませんが、直感が外れてイスラエル人に次ぐ二人目にならないように気張るしかないと思います」

「ジョージの飛び込みをひやかして、次の日曜日に一杯やるとしよう」

「ありがとうございます。優子を連れて行ってよろしいですか」

「もちろん。俺も女房を誘うつもりだが、二人とも先約があるかもなぁ」

事実はその通りで、池内と北野の二人だけのディナーになった。

5

池内と北野は十月下旬の日曜日の夕刻、六本木ヒルズクラブの中華料理店で向かい合った。会員制で、むろん池内がメンバーだ。

シャンパンで乾杯して、すぐに池内が上体を寄せてきた。

「優子さん、反対しなかったのか」

「〝あなたがやりたいようにやったらいいわ〟と言ったあとで、ジュンちゃんは反対なんだと明かしたら、〝それは意外だわ〟とちょっと驚いた風でした。もう決断した。判断するのは僕だからって言ったら、〝まだ財津さんに返事してないでしょ〟って言われてしまいました」

「分かる分かる。優子さんは賢いなぁ。当然まだ返事してないんだろう？」

「はい。ボストンから三度も電話がかかってきましたが、返事はしませんでした」

「直感をまたもや持ち出したのか」

「お察しの通りです」

「財津氏のしつっこさ、激しさは相当なもんだ。血の気の多さも、想像を絶するよ。それにしても、返事をしてないのに祝杯をあげるのは、何だか変だよなぁ」

「一両日中に返事をするつもりです。祝杯のお陰で、僕の気持ちの揺れに歯止めがかかりました。こんな素敵なお店で前祝いをしてくださって、感謝感激雨霰《あられ》です」

「確かに前祝いだな。ジョージが正式に財津氏に返事をしたら本祝いといこう。その時は四人でな。女房たちには前もって日程に入れさせればいいだろう」

「なにからなにまで申し訳ありません」

「前祝いとは恐れ入ったな。恐れ入谷《いりや》の鬼子母神《きしもじん》って言いたいくらいだ」

「雨霰のお返しですね」

「ジョージと話してると、愉しいし、心が和む」

「僕はジュンちゃんの十倍以上です」

北野が真顔になったのは、〝十分の一以下〟と言った時に、財津が嫌な顔をしたのを思い出したからだ。当然、思い出し笑いに変わる。

「一人で悦に入ってないで、訳を話せよ」

北野が詳しく話すと、池内はのけぞった。

「百分の一以下と言ってもらいたかったんじゃないのか。いや、千分の一かもしれない」

北野はわざとらしく唇を尖《とが》らせた。

「それで直感の外れが一人というのは肯定しにくいですね」

「俺の言ったことは矛盾してないと思う。財津は自信たっぷり人間、自意識過剰人物に違いない。顎《あご》でこき使われないように注意するに越したことはないんじゃないのか」

「前祝いのぶち壊しになりませんかぁ」

「そうだな。せっかくのワインが不味《まず》くなる。話題を変えよう」

「無理に変える必要はないですよ」

「財津なんていう奴の話はもうたくさんだ」

「一度も会ってないのに、よく言いますよ」

「ジョージの話を聞いただけで虫酸《むしず》が走るっていうのも、確かにおかしいけど、俺も直感には自信があるほうなんだ」

「自意識過剰はお互いさまですね」

二人は呵々《かか》大笑した。

北野は翌日、ボストンの財津に電話をかけた。

「ハロー、北野譲治です」

「北野さんから電話をもらうのは初めてですね。朗報をお待ちしてました」

「僕でよろしかったらイーパーセル日本法人の立ち上げに協力させていただきます」

「サンキュウベリーマッチ。念願叶って嬉しくて嬉しくて涙がこぼれそうです」

「恐れ入ります」

「十一月上旬に一時帰国します。電子物流に関する米国基本特許は一九九八年に第一号を取得していますが、今年二〇〇〇年は第二号、三号、四号を取得したことを北野さんに開示するのを忘れてました。日本での事業展開に役立つこと請け合いです。北野さんのスカウト成功で鬼に金棒、百人力、千人力ですよ」

これほどの能弁家はいないかもしれない、と思わずにはいられなかった。多少は言い返さなければ男が廃る――。

「今世紀最後の大ホームランをかっ飛ばすことになりますねぇ。日本の経済界も仰天すると思います。僕なりに行動し、打診ぐらいの準備はしておくつもりです」

僕が加われば世界制覇も夢ではないと言いたいところだが、北野はぐっと抑えた。それどころか誇大妄想と言われても仕方がない。財津と同列になってしまう。僕は電子物流市場のことは何一つ知らない門外漢なのだ。口にしたら、財津に嗤《わら》われるところだったと思わなければいけない。

財津のスカウト攻勢だか、おだて追従だかに影響されていい気になってしまった。

しかしながら、転機を迎えたことは事実だし、しかもこの変化は、偶然ではなく必然だと思えるようになっていた。

この頃既に座禅のトレーニングも十二年目に入っており、ひとつのことが北野の腹に落ちていたからだ。それは、一生涯を賭《か》けていずれやるべき仕事は、〝誰にもできないが、僕にならできる。それがやるべきことだ〟と思うようになっていた。

腰を据えて新天地でのチャレンジに向けて取り組む決意をしたのだ。まだ三十七、八歳なのだから失敗しても取り返せるなどと甘ったれた考えは通用しない。子供も二人いる。家庭を大事にしているつもりだ。二人が幼かった頃は、幼稚園や小学校への送迎も厭《いと》わなかった子煩悩でもあった。家族のためにも頑張らなければならない立場である。

前進が伴わなければ、転機、転職の意味はない。僕の人生に停滞、後退などあってはならないのだ。電子物流市場を〝データ・宅配〟ではないかとおぼろげながら考えていた。

取引先、マーケットは限りなく拡大していく可能性を蔵している。イーパーセルを日本に根付かせることには夢があり、ロマンもあると考えたからこそ、ノーをイエースに変えたのだ。財津を男にし、自身もそうなろう。そのためには最善を尽くすしかない。人事を尽くすのみだと思いながら北野は歯をくいしばっていた。

ただし、当然課題は残る。その最たるものは、村本吉弘《むらもとよしひろ》の担保力のいかんである。

村本は奈良の名門、村本建設創業家ゆかりの一人で、ジョージ・コーポレーション最大の顧客だが、北野にとって頼り甲斐《がい》のある戦友でもあった。村本が支え続けてくれなければジョージ・コーポレーションは保《も》たない――。

北野は直ちに村本と面会した。北野の話を聞くなり、村本は胸を叩《たた》いた。

「よく分かった。大恩あるジョージ・コーポレーションを見限るなどということはあり得んよ。当社が会社更生の手続きを申請してから異例のスピードで再建できたのは北野君のお陰だ」

ジョージ・コーポレーションを設立して三年経った頃、北野は村本と更生管財人の弁護士から、東京都の公共工事の指名を回復するには、損保会社の履行保証保険がどうしても必要なので力を貸して欲しいとの相談を受けたのだ。

北野はさっそく新宿支店長の片岡豊司《かたおかとよじ》に相談した。片岡は『雨が降る時にこそ傘をさしのべるのが我々の仕事だ』と、協力することを約束してくれた。

「東京営業本部は破綻《はたん》直後の中堅ゼネコンに、保証枠を設定するなど常識的には考えられないと、つれない返事でしたが、営業本部長を巻き込んで、議論を尽くしました。最後は片岡支店長名で『履行保証保険発行の確認書』が発行されました」

「大東京火災さんの新宿支店長名で保証枠確保のレターを手渡された時は涙がこぼれそうになった。事実、東京都の指名停止は解除されたものなぁ。繰り返すが、北野君、ＩＴ企業へのトレードは面白い話じゃないか。チャレンジするなら全力でバックアップするから頑張ってみたらいいよ。ジョージ・コーポレーションとの契約は継続すると約束する。その代わり大東京火災との信頼関係は君が担保してくれんとな」

「もちろんです」

北野の顔が輝いたのは、後顧の憂いがなくなったと本気で思ったからだ。

6

平成十二年十一月上旬に再び一時帰国した財津正明は、登記が完了した会社謄本を見ながら満面の笑みを湛えていた。

日本を代表する銀行、証券、保険などの名だたる金融機関からの資金調達で示した財津のプレゼンテーション力に、北野は脱帽するしかなかった。

後日、財津はメディアへの露出と講演活動にも勢力的に力を注いだ。特筆すべき講演のひとつとして、独立行政法人経済産業研究所でのスピーチが圧巻だった。これは、北野がアレンジしたのだが、モデレータを買って出てくれた経産官僚が学生時代からの親友の赤石《あかいし》浩一《こういち》であったことが幸いした。

長くなるが、質疑応答を含めて以下に引く。

イーパーセル起業の経緯と十五年計画

弊社の米国本社のＣＯＯは物流大手ＦｅｄＥｘの元副社長ですが、世界のデータ通信のＦｅｄＥｘ、つまりｅ－ＦｅｄＥｘを目指すためイーパーセルを創業しました。本日は、弊社のビジネスと共に、私の経験をご説明することによりまして、今後のビジネスの傾向についてお話しさせていただきます。

私は、起業やベンチャー創業には時間がかかるものであり、五年から十年くらいのスパンで計画を立てて考えなくてはいけないと思っています。私は起業に対して、十五年計画を立ててやってきました。その辺のことをお話ししたいと思います。

私は、三菱で、国家事業をマネージメントする特殊教育を受けてきました。当時百億円以上の国防システムのプロジェクトを遂行した、広範囲にわたる技術を取得するため、優秀なプロジェクトリーダーのもとで学んでいくという教育です。ＦＳＸは次期支援戦闘機といわれているもので、私はＦＳＸの事業に携わっていました。これが終わった後は、テポドン対策が私の課題となりましたが、留学を決めました。当時、三菱電機にはＭＢＡ留学システムというものはありませんでしたが、新たなシステムを上司に作っていただき、ＭＩＴに留学しました。

留学を決めた経緯についてお話しします。三菱電機にはエリート教育集団というものがあり、各事業本部から二十六、七歳くらいの社員が選ばれ、一年にわたって教育を受けていました。その教育の中では、いろいろな役員がきて、公表できないような裏話等、ビジネスの勝った、負けた、の話をしました。それらの話を聞いていて、「日本の中で勝った、負けただけでは、いつまでたってもアメリカには追いつけないな」と、起業することを決心しました。

それを遂行しようと思うと、人にはやはり旬の時期というのがあります。ちょうど二十六歳のいちばん脂ののっている時に最初の一歩を踏み出さなくてはならない、しかし、起業をするには五年や十年はかかるだろうと思いました。あのビル・ゲイツでさえ二度失敗しています。アメリカには失敗を受容する文化がありますが、日本にはその文化がありません。失敗したら終わりです。だから、自分には失敗は許されない、一回しかないんだと思いました。そうであれば、思いつきでベンチャーはできません。ありとあらゆることを行い、失敗しない準備をしようと考えて、最初の五年でMBAを取り、次の五年で会社を立ち上げて、最後の五年（現在はこの五年の真ん中）で世の中に出ていくという、十五年計画を立てて進めてきました。

アメリカで起業した理由と目指したもの

アメリカで起業した理由は二つあります。

一、アメリカは教育の選択として、ビジネススクール、ロースクール、メディカルスクールの三つの専門分野があります。そして将来のビジネスキャリアは、ファイナンスからＣＦＯ、セールスからＣＥＯ、マーケティングからＣＥＯ、エンジニアリングからＣＴＯ、インフォメーションからＣＩＯ、の五択になっています。エンジニアをやって、いきなりＣＦＯになることがないように、専門分化ができています。日本では、終身雇用の影響もあり、他の会社では通用しない人間育成を行っていますが、アメリカは上記のような専門性があるため、他社からの転職が安易だということです。

二、もう一つは、起業に必要なインフラである「法律」「知的所有権」「会計」などの処理を行う機関が、立ち上がったばかりのベンチャーにも協力してくれるということです。

どの分野で起業するのかと考えた時、私の目指したい会社は、ソニーやホンダのような真面目な技術会社でした。しかし世界に通用するような第二のソニーやホンダを目指すのは、（ソニーやホンダが起業した時とは）時代が違うため、同じような道をたどるのは不可能だと思いました。従って、消費者商品は、リスクが高いため選択から外しました。ハードもやめようと思いました。これは、語学、高等工学の教養がなくてもノウハウがつかめるため、第三者にも製造が簡単に可能になってしまうからです。そして、ソフトウェアもコピーがされやすいので、かなり危険だと考えました。ソフトウェアの技術の差別化をはかることができ、アメリカの産業界において産業利益を築けるようなものといえば、モジュール構造しかないと思いました。三菱は人工衛星ではトップですが、最初のモジュールバス構造が再利用できず、値段はアメリカの人工衛星の三倍しました。このようなことから、最初のアーキテクチャーでの差別化、絶対に他人には作れない純正化が重要で、且つ、一日一日確実に進化し、ビジネスモデルとモジュール化の融合が可能なものの製作を行うことにしました。このあたりまでは、どうしたらいきなりメジャーリーグで最初にホームランが打てるかなといったところです。

オリゴポリーを目標としたｅ－ＦｅｄＥｘ構想

次に、何をやるのかが課題となりました。過去の歴史を振り返ると、世の中は産業が成長するにつれ、オリゴポリーになっていきます。この最後の二社として残ることが目標でした。しかし資本はありませんから、お金がなくても知恵の蓄積が可能で、技術力と全体戦略が融合できるようなものを目指そうと考えました。特に何をするというアイディアがあってMITに行ったわけではありませんでしたが、ビジネスサイエンスを勉強している時、閲覧ソフト「モザイク」に出会いました。インターネット上で、これだけ直感的に情報がやり取りされる時代になってくると、電子物流も必要になってくるだろうということで、e‐FedExを思いつきました。物流の殿堂であるFedExは、創業時、全米物流の動きを調査し、夜十時以降の飛行機がなかったため、十時以降に飛行機を飛ばすことから全米への流通網を広げました。私は、飛行機に相当するものはプロトコルだと思い、デファクト化とか、スタンダード化の影響を可能な限り受けない独自のものを作ろうと思いました。FedExは扉まで行き、荷物を渡して終わりですが、我々はドアの中での仕事をしようと考え、イントラネットの中の技術を蓄積し、それを築くことにしました。これがe‐FedExの構想です。

護身班で周りを固め、創業時の荒波を乗りきる

ここまできて、これなら創業できると思いました。ダーウィンは二十五年間の沈黙を守って進化論を発表したという話があります。創業者として、発想やロジックを守り通すことが重要なのです。当時のハーバード、MIT、スタンフォードには、何かあれば一発当ててやろうという人が大勢いましたから、このような考えを他人

に話すわけにはいきませんでした。だから私は、世界十四カ国から英語もろくに話せないような従業員だけを雇い、全体像は絶対に話しませんでした。しかしある時、著名なベンチャーキャピタリストとの話の中で、アメリカではＣＥＯは職業軍人みたいなもので（だからオフィサーといわれているわけですが）、創業者だからといってＣＥＯになるべきではない、会社を売れ、と言われました。合衆国大統領に「キャビネット」があるように、ＣＥＯとしての私に足りないものは、自分の経営チームだと言われました。つまり、チームがないのはＣＥＯではないというわけです。そこで、当時の従業員の中から無名でありながら地頭が良く、素直で腹の据わった人材を、技術一名、営業諸々一名（当時ともに二十七歳）を、ピックアップし、三年間徹底的に鍛え上げ、自分の護身班にしてしまったわけです（現、米国本社のＣＴＯおよび社長室長）。ここまできて、やっとＦｅｄＥｘの副社長などの外様《とざま》を入れることができました。実際、護身班以前は、技術開発とりまとめとして当時あるトップ企業の幹部であったイスラエル人を三顧の礼で雇い、会社を乗っ取られそうになったこともありました。いつ寝首をかかれるか分からない状態の中で、護身班である側近で私の周りを囲み、力のある外様を旗本化していくことが重要だと思います。

　創業時の荒波を乗りきる上でもう一つ重要と思われるのは、営業、技術、財務の三種の神器をきちんと押さえ、外様に委《ゆだ》ねないということだと思います。いくら技術がよくても、売上に頼らなければならないと、結局足元をみられ、リーダーシップも発揮できませんし、組織力が醸成できません。公家《くげ》にならず、武士になることが重要だと思います。私の場合、日本人でありながら、日本でのビジネスで煮え湯を飲まされました。日本法人にも、財務と技術に護身班旗本がおりますが、営業が外様でした。自分で営業をやってはじめて解決しましたが、危く公家になってしまうところでした。

企業戦略としての特許

起業にあたり不安だったのは、これが本当に世界初の技術なのか実証のしようがなかったことですね。特許は、二、三年隠れていて表には出てきませんから、調べても分からない。私は、米国の七人の有名なアナリストに全体像の十分の一くらいを話してユニークであることを確認し、プロトタイプをラスベガスに持ち込んでコムデックスで受賞したことで、とりあえず安心しました。ここで、特許の話ですが、特許というのは、訴訟の時に勝てる特許を作って出す。これが特許の出し方です。これについては、日本も考える必要があると思います。勝てる特許を作るというのは、ある種技能であり、そうした訴訟専門の弁護士を各技術・産業分野で育成していくことは国策上重要だと思います。訴訟に勝ってケースを作る、これは企業戦略です。

コンパックの推薦獲得の経緯

三菱から独立した後、最初の一社に販売することに非常に苦労しました。親代わりになってくれる最初の一社は、日系企業ではなくアメリカ企業でなければなりませんでしたから、ほんの少しコネがあったコンパックのバイスプレジデントに会いにいきました。しかし、IBM出身のディレクターが出てきて、実績のないものとは組めないと言われました。その当時、コンパックの競合であるデルは直販を行い、コンパックは代理店を通して販売していました。今後インターネット等で直販が増えていくと代理店を怒らせてしまう、代理店に新規の事業、新たな収益構造が必要ではないのかということを訴えて八時間くらい粘り抜き、バイスプレジデントが個人的に保証してくれることになりました。その後リーマンブラザーズとも契約を結ぶことによって、三百社をつなげるネットワーク構築に成功しました。コンパックとの契約ができ、コンパックの推薦があったからこそ成功したという部分も大きく、あの時コンパックを説得できなかったら、ここまで事業を拡大できたかどうか分かりませんね。

日本の流通網の問題点

日本での起業にあたり、日本の市場についていろいろ勉強をさせていただきました。日本は、松下幸之《まつしたこうの》助《すけ》氏が販売流通網を構築し、その巨大な流通網の影響がずっと続いています。日本は巨大な販売流通網の国です。外資系の企業は日本市場をそれほど魅力的に感じていないため、自分たちのマージンは二割程度で、あとの八割は日本の流通網で消化すればよい、という考えのもとで流通を行っています。日本できちんと真面目にビジネスをやろうと思えば、そのような率では立ち行きませんから、直販法人営業できちんと実績を積むことが必要で、時間がかかります。販売流通網サイドも、勉強しているうちに次々と新しい技術が出てきて、エンドユーザーサイドは、最良策とタイミングを逃しがちという悪循環があるように思います。

国土に合わせ、国家のためになる新しい技術を

今後の技術として考えていることの一つに、相互認証があります。日本ではＰＫＩ（Public Key Infrastructure）が取りざたされて久しいようですが、残念ながらこれは三十年前の理論であり、この業界の一線でしのぎを削ってきました私の目からみれば、一番難しい実用化の部分についてはまだまだ完成度が低いと考えます。一

般的なＰＫＩ業界の認識としても技術的完成度は一〇％程度で、残りの九〇％は運用でカバーする必要があると言われております。しかしながらその運用とは、パブリックキー、プライベートキー、セッションキーと、三つのキーを管理する仕組みを最初に作りこんでから、その後も関係者一人一人に対して継続的にキーを管理するという仕組みのため、特に大人数での運用は容易ではありません。

一例ですが、今年の三月あたりに、アメリカ政府から、十万人規模で政府のＰＫＩプロジェクトを行った時のレポートが提出されました。二年間で約百億円の予算で行い、納期は二年遅れの四年間となり大変非経済的でした。また、アメリカと日本は考え方が違い、たとえば、アメリカはパスワードを盗んだら犯罪になりますが、日本ではまだそのような認識すら一般的ではありません。日本では自分のパスワードがキチンと机の上に貼ってあるくらいのユーザーの認識ですから、管理者もそれを前提に認証管理を行う必要があります。その為に別途個人認証用としてＩＣカードが普及しているわけです。ＩＣカードは他人に盗まれた場合にはすぐに分かりますから。しかしここに、もし、ある一つの技術があって、一つのサーティフィケートを入れると、マシンの部品構造等のいろいろなものをロックして、このマシンでしかパスワードが使用できないようにしてしまうといった技術があるとすればどうでしょうか。このようなものが、我々の言っている「インテリジェンスサーティフィケート」というものです。このように、日本の文化に即しながら、一番効果のある方法を提供することで、日本企業の競争力を底から支えることができればと思います。

質疑応答

Ｑ：ベンチャーとして起業する時、資金調達の面においての苦労と、調達の仕方についてお話しいただけないでしょうか？

Ａ：最初からお金がありすぎるとだめですね。時がくるまでは、お金は調達しないことが大切でしょう。最初の五年は大変でした。我慢と妥協を重ねて、自信ができるまでは資金調達はしませんでした。ベンチャーキャピタリストに相談すると、ＥＸＩＴ、つまり成功した後のことを聞かれます。彼らにとって、ずっと頑張っていくのはだめなんですね。売るのか、次に譲るのかを最初に決めなくてはいけない。最初は三菱のブランチとして行い、独立してからは自分の貯金を使いました。その後は売上で回していきました。ある程度名前が上がってくると、エンジェルと呼ばれる人が出てきて、ちょっとずつ投資をしていただきました。

Ｑ：どこの分野で起業するのかを決めてから開始したのでしょうか？　また、起業にあたって、コアとなる技術は自分で開発されたのでしょうか？

Ａ：アーキテクチャーの設計は自分で書きました。分野については、順番からいくと、分野を定めてから起業しました。

Q：護身班のお話がありましたが、どのように人材を選んでいらっしゃるのでしょうか？　ある程度話をしてみれば分かるかもしれませんが、技術的なコアの話ができない時点で、どのように選ばれるのでしょうか？

A：一言でいえば直感です。勿論その直感の土台となっているのは、三菱電機にいた頃の国家システムを作るために仕込まれたときの訓練です。ですから、ちょっと話をしてみると分かります。護身班には絶対の信頼を置いていますし、反対に絶対の信頼を受けていると確信しております。これは非常に重要なことだと思います。

Q：会社としては今後成長過程に入ってくるわけですが、その後のマネージメント、展望についてお話しいただけないでしょうか？

A：企業というのは、闘争本能、つまり寝ても覚めても勝つことしか考えないということを永遠に続け、そういう人が引っ張っていくことで成長していきます。一方で、いいチームがいないと企業が拡大していく時にだめになってしまいます。従って、中間管理職が仮に優秀でなくても管理できるような仕組みを作ることが大切だと思います。技術の品質レベルや自動化を進め、人いらず、専門性いらずにするとか、専門分化を進めて、どこでも使えるように、会社をデザインしています。

Q：地方でもベンチャー、起業が話題になります。その時に出るのは税制問題です。率直なところ、日本でビジネスを起こすのには、公的インフラが障害でしょうか？　それとも、個人的なやり方が問題なのでしょうか？

Ａ：国の全体的戦略がないと思います。産業構造をデザインするのが官の仕事であり、どういうふうに戦略的にやるのかということが大事で、個々人が思いつきでやって、そこにお金をつけても品質管理ができなくなってしまいます。税制は悪用されるので、まずゴール設定が先だと思います。

Ｑ：今後事業を拡大されるにあたって、日米におけるアライアンスストラテジーの違いについてお話しいただけないでしょうか？

Ａ：アライアンスストラテジーは明確に違います。アメリカでは大きなコンサルティング会社と組んでいます。そして、我々とだけやって、浮気はしません。付加価値等をつけたプロトタイプもその場で作りますし、とても対応が速いです。アメリカはみこしをかつぎますが、日本はみこしをたたき下ろします。日本は、盗めないということが大事だと考えます。日本は（その技術が）盗めないと分かったら同盟を組みます。流通サイドは外資系企業は日本にポテンシャルを感じていないので、二割程度の利益率で卸しているため、私達にもそうして欲しいとの要求がきますが、私は日本に根ざしたまっとうな企業の当然の権利として、そのような取り分では承諾しておりません。

Q：組織に関してですが、組織と人材の関係をどのように育てていっているのでしょうか？

A：少人数制で会社を回していくために、新興会社は、優秀な人材を雇わなくてはいけません。アメリカでは、CEOと一般社員は話をしないのが基本で、ヒエラルキーが明確になっています。その代わり、そのポジションを任せる人は優秀でないといけません。アメリカでは、会社に対するロイヤルティーはありませんから、危なくなると優秀な社員が抜けていってしまい、悪循環が起きています。

Q：日米における商売のやり方の違いについてですが、もし、最初に日本で起業していたらうまくいっていたと思いますか？　また、それはなぜでしょうか？

A：うまくいかなかったと思います。まず、優秀な人材がいません。優秀な人は大企業にいますから。三菱電機にいた頃、各部の優秀な人材を集めれば、新製品ができると思ったので、（三菱電機から）独立してやろうといったら、みんなにいやだといわれました。役員になれるのにどうして辞めなくてはいけないのかと。また、技術屋が少なくなりました。金目当てではなく、純粋にお客さんに喜ばれることや、雑誌に自分の技術が紹介されたりすることが好きな人がいい。あと、日本人は勉強しすぎてしまいますから、これでは独創性のある良いアイディアが生まれ難《にく》いと思います。

第四章　パートナーに非ず

1

ジョージ・コーポレーションを部下の小日向佐多央に無償で引き継がせた北野譲治は、財津正明のパワーを確信してイーパーセルへのトレードに応じた。

ＩＴ産業の行く末に賭《か》けてみる甲斐《かい》はあると考えた結果とも言えるし、執拗《しつよう》な財津のスカウト攻勢に、この人物に賭けてみる価値はあると思ったことも否定できない。

イーパーセルへの入社を決断した北野は、平成十二（二〇〇〇）年十一月中旬、一時帰国していた財津に面会した。

場所は赤坂プリンスホテルのスイートルームである。いわば仮事務所で、六月頃に入居していたことが後で分かった。

挨拶《あいさつ》もそこそこに財津がのたまった。

「十一月三十日付けで北野君を採用することに決めたよ。年俸その他の条件面は久岡《ひさおか》ＣＦＯから聞いて欲しい」

ついこの間まで北野さんとか、北野社長と呼んでいたのに、採用するとなるといきなり北野君とは、さすがの北野も驚くと同時に、威圧的、高圧的なもの言いにも違和感を覚え、きっとした顔で言い返した。

「その件ですが、つい先ほどエレベーターホールで久岡ＣＦＯに呼び止められて一方的に年俸の額だけは告げられました。私は請われてイーパーセルに入社するんだと思っていましたが、それは私の勘違いだったようです。これまで、私からは敢《あ》えて年俸の話題を持ち出しませんでしたが、あまりの低さに愕然《がくぜん》としています。スカウトのお話中にお尋ねすべきでしたが、ジョージ・コーポレーション時代の半分にも満たないとはさすがに納得できません。イーパーセルにも予算計画があるでしょうから決して身の丈以上の要求をするつもりはありませんが、せめて今の生活を維持できる程度のオファーでないとお受けすることはできません」

「おやおや、私を相手に交渉を挑むとはたいしたもんだね。北野君の考えは久岡ＣＦＯに伝えておくので、とにかくその件は彼とやってくれないかな。北野君を採用することはボードメンバーと決めたことだから、ちゃぶ台返しはしないで欲しい」

北野は財津のスカウト攻勢の時に、年俸について話題にしなかったことを後悔した。ジョージ・コーポレーションとの落差に釈然としない思いは募ったが、乗りかかった船である。必ず仕事をして年俸を上げてみせるとの思いもあった。

「僕よりもＩＴに強い大野博之《おおのひろゆき》君でしたら、この程度ではなかったと思いますが……」

「ああ一度、きみの推薦で食事をしたことがあったなぁ。慶應経済から早稲田の建築に入り直した変わりダネだな。彼には興味がなかった。断って当然だろう」

「冗談じゃありません。あなたの下では働けないと言って、断ったのは大野の方なんですから」

「どっちもどっち。肌合いが違いすぎる。お互いさまということになるが、その点、北野譲治は必ずモノになると確信している。私の目に適《かな》ったことを有り難く思ってもらいたいな。とにかく北野君には期待している。そうそう、一緒に仕事をしてもらう仲間を紹介しておこう」

奥の部屋から出てきたのは三人の男たちだった。

北野は動転して息を呑《の》んだ。

パートナー的扱いは当然と思っていた。それが三人、財津ＣＥＯを含めて四名の上司が存在するとは、俄《にわか》には信じ難い。

「ＣＯＯの森山和彦《もりやまかずひこ》君。三菱電機の宇宙部門のエースだった」

後日、東大工学部大学院卒の森山が財津より二年先輩と知り得た北野は、君づけに違和感を覚えたものだ。

ＣＦＯの久岡陽一《よういち》は東大卒業後、野村證券《のむらしょうけん》に在籍し、ＭＩＴスローン経営大学院に留学した。財津とはMITの同窓で、ボストンのイーパーセル本社にも勤務していた。技術担当の小川振一郎《おがわしんいちろう》は早稲田大学理工学部材料工学科大学院卒業後、日本債券信《にっぽんさいけんしん》用《よう》銀行入行。金融工学を学んだのち野村證券に転職した。久岡の同僚である。

三人とも歴戦の強者《つわもの》ぞろいではないか。

もの怖《お》じして腰が引けても仕方が無いとも言えるが、『こんなやつらに負けてたまるか』と逆にファイトを漲《みなぎ》らせた北野の根性は見上げたものだ。

北野は、財津から口説かれている時はパートナー的存在だと、つゆほども疑わなかったが、三人と対峙《たいじ》して、これらの点を開示しなかった財津を希代の策士だと、頭の隅にすり込んだことは確かである。

2

北野が赤坂プリンスホテルから帰宅した夕刻、妻の優子が待ち構えていた。

自宅は世田谷《せたがや》区の閑静な住宅街の一角にある一戸建ての賃貸住宅であった。長男が名門の私立中高一貫校に通学する便宜上、同区内の京王線沿線から小田急線沿線に住居を移したのだ。

「ただいま。疲れたよ」

「お帰りなさい。顔色は変わらないけれど、気疲れしたのねぇ」

「イーパーセルがＩＴ産業の雄であることは変わりないと思うが、財津さんの様子が全然違うんだよ。尊大っていうか、居《い》丈高《たけだか》っていうか、人が変わったとしか思えない。僕は十一月三十日付けで採用されることに決まったが、ＣＯＯやＣＦＯなど三人も上司が現れたのには、びっくり仰天もいいところだ」

「あなたはパートナー的立場の筈《はず》じゃなかったの？」

「それどころか肩書きは経営企画部長だって。年俸もこれまでの半分以下の金額を提示されてびっくりしたよ」

「そうなの？　それで、あなたは何て答えたの？」

「考えさせて欲しいと言って、回答は保留したよ。面倒だけど、住まいや車通勤など見直さなきゃいけないことが多すぎて即答を避けたんだ」

「家計のことは心配しないで。私も仕事を再開しても構わないから。あなたが新天地で思う存分能力を発揮できるようサポートするわ」

　北野は、優子のこの一言でほっとすると同時に、これから大きな責任を背負うことになるなと心地よい緊張感を覚えた。

「村本建設の村本吉弘社長は、『ＩＴ企業へのトレードは面白い話じゃないか。チャレンジするなら全力でバックアップするから頑張ってみたらいい』と背中を押してくれたからなぁ。今さら村本社長に顔向けできないようなことはしたくないし、ＩＴ産業への関心が薄れた訳でもない。仕事で結果を出して、財津氏に実力を認めさせて見せるよ」

「そうね。それでこそ、あなたらしいわ」

「普通のサラリーマンにはなりたくない、の一念で起業家の途《みち》を選択したんだ。パートナー的存在は夢物語に終わったが、決して雨にも負けないし、風にも負けない。イーパーセルの事業の成功は、〝誰にもできないが、僕にならできる〟と思ったから決心したんだ。世の為人の為になりたいと願っているから安心してくれ」

優子がテーブルのコーヒーカップを片付けながら訊《き》いた。

「イーパーセルの実態は分かっているのかしら」

「財津ＣＥＯを含めた四人のパワーは相当なものだと思うしかないな。日本人が立ち上げた外資系企業で、ボストンに本社があって、米国大手のリーマンブラザーズ証券が採用していることだから、ＩＴ産業として将来性があることは確かなんじゃないのか。創業者が予想と異なって、風変わりな天才とでも思うしかないんだろうな。しかもＣＯＯは東大工学部大学院卒で財津氏とは三菱電機のエリート教育集団の同窓だし、ＣＦＯも東大卒で野村證券からＭＩＴに留学したエリート。技術担当は早稲田の材料工学の大学院出身なんだよ。とにかく四人は超エリートなんだ。早稲田の建築科を語れないほどだよ」

「そんなことないわよ。あなたのことだからイーパーセルでも必ず活躍すると思っています」

「うんうん」

やっと北野の表情がほぐれた。

「財津氏との話で、大野のことが話題になったけど、二人は互いにそっぽを向いていたんだな。大野は僕に、『財津は信用できない。おまえ気をつけろよ』などと言ったが、慧眼《けいがん》かもしれない。IT関連のコンサルタント会社を一緒に起業しないかと気遣ってもくれたんだ。大野を見返すぐらいイーパーセルで頑張るつもりだよ」

「あなたの周りに思い遣《や》りのあるお友達が多いのは、あなたが人と丁寧なお付き合いをしているからだと私は思っているの」

「そう言ってもらえると嬉しいよ」

3

十一月三十日からイーパーセルの社員になった北野の初仕事は、一月から開業予定である千代田区神田《かんだ》須《す》田町《だちょう》のオフィスの設計、内装などであった。

三井あさひビル六階にあるオフィスの面積は約百坪。賃料は月額二百五十万円。ＪＲ御茶ノ水《おちゃのみず》駅や秋葉原《あきはばら》駅から徒歩数分の距離にあり、大企業が本店を構えるビジネス街の大手町《おおてまち》や丸《まる》の内《うち》にも近く、極めて交通の便が良い場所にあった。

部屋のレイアウト、内装工事の他に、ＯＡ機器やパソコンなどのセッティング、セキュリティー対策も行うことになった。

むろん内装業者を使わざるを得ないが、北野はオフィスづくりの責任者、指導者の立場で仕事に励んだ。

北野はふと河田孝彌の次男、竜弥《りょうや》の顔を頭に浮かべた。河田孝彌は大東京火災海上保険新宿支店長時代に、北野を契約社員としてスカウトしてくれた恩人である。河田竜弥は開成《かいせい》中学・高等学校卒で早稲田大学人間科学部の四年生。四月から野村総合研究所に就職することが内定していた。また、竜弥は北野を慕って、新宿西口にあるジョージ・コーポレーションの事務所を何度も訪れていたのだ。

竜弥を自分の助手としてアルバイトで使う手があると北野は思い、さっそく電話をかけた。

話を聞いて、竜弥は二つ返事で乗ってきた。

「興味深い話ですね。卒論も終わって授業も少なく、暇をもてあましているんです。喜んでアルバイトをやらせてください」

手伝いどころではなく、竜弥は仕事にのめり込んでくれた。パソコンの設置、床下の配線工事など、時として北野を凌駕《りょうが》するほど、見事なパワーを発揮した。

オフィスのレイアウト案は、財津ＣＥＯの希望によるものだが、極めて大まかで、『ＣＥＯ室は一番奥で、相応のスペースにすることと、十五、六人が収容できるプレゼンテーションルームを設置すること』の注文を付けただけだ。

来客対応スペースは三十坪ほどで、約三分の一のスペースが割かれた。受付の横側に三つの会議室、その奥に楕円《だえん》形の大テーブルを配置したプレゼンテーションルームがある。

オフィスの中央部分は運用部兼カスタマーサポート室。その隣が北野の居室となる筈の総合企画室兼秘書室。もっとも個室とはいえ二名の秘書との兼用で五坪ほどの小部屋にデスクが三つ配置された。

幅約一メートルの廊下と両室の仕切りはガラス張り、廊下を隔てた技術部もガラス張りなので、いわば丸見えでウォッチされる仕組みである。

ＣＥＯ室は十五坪ほどの角部屋で、五人用のソファーセットとデスクの横には円形デスクと三つの椅子も配置された。

他に十名収容可能な営業本部室、マーケティング本部室、ＣＦＯ室を設けた。ＣＥＯ室とＣＦＯ室は廊下からは見えないように分厚い壁で仕切られた。

新しいオフィスの内装が完成した頃、北野は竜弥を労《ねぎら》うために神田須田町の鮨《すし》屋で祝杯をあげた。

「竜弥君。ほんとうに助かったよ。ありがとう。君が手伝ってくれなかったら、一月上旬の開業には間に合わなかった。しかも経費を大幅に削減できたからね」

「僕も北野さんと一緒に仕事ができて、勉強になりました。たいへんだったけれど充実感があり満足しています」

「お互い頑張ったからな」

「ところで北野さん、僕、野村総研を断って、イーパーセルに入社したいと真剣に考えているのですが、財津CEOにその旨をお願いしてもらえませんか」

「いとたやすきことだが、僕は反対だ。君のお父上も反対するに決まっている。野村総研は最大手のシンクタンクで、給料は高いし、君の得意なコンピュータの技術も活《い》かせる。将来は安泰だよ。就職はよくよく考えてから、決めるべきなんじゃないのかな」

「野村総研は父のコネも多少はあるような気がしています。就職先ぐらい自分で決めたいですよ。是非ともこの会社に入れてください」

「お父上と相談して、じっくり考えて、後日返事を聞かせてもらおうか」

「分かりました。僕の気持ちは変わらないと思います」

後日、完成したオフィスを見学に来た財津は満足した様子で言った。

「北ちゃん、さっそく良い仕事をしてくれたねぇ。予算の半分に抑えたことを含めて、お見事としか言いようがないな」

財津の喜びようと言ったらない。

北野は竜弥に目配せして、彼が大きく頷《うなず》くのを横目でとらえて表情を引き締めた。

「河田君のバックアップ、フォローがあったからこそ、期日内にイーパーセルのオフィスが完成したのです。河田君は野村総研への就職が内定しているのですが、野村総研を断って、イーパーセルに入社したいと言っています」

「ほう。それは願ってもないことじゃないの。私に異存はない」

「私は反対しました。お父さんのコネもあるやに思うので、父親の承諾を取り付けることが先決だと言っているのですが、自分の人生、社会人としての第一歩の就職は自分で決めたいと言い張って譲りません」

「その言やよしだ。決まりだな」

河田竜弥のイーパーセル入社はいともあっさり決定した。

4

北野は十二月下旬の土曜日の夕刻、体調が優れず、身体《からだ》の気だるさを感じたので、神田須田町の現場から文京《ぶんきょう》区本郷《ほんごう》の東京大学医学部附属病院にタクシーで駆けつけた。高校時代のクラスメイトで、長くて濃い友情関係にある内科医師の小《お》川《がわ》誠司《せいし》の診察を受けるためである。

小川は医局の診察室で、慎重に聴診器で胸や背中の音を聴き、心電図も診てくれた。

「不整脈を心配したが、それはない。少し顔色が悪いが、疲労困憊《こんぱい》ということだな。ジョージはムキになって働き過ぎるほうだからな。ほどほどに、時には手を抜くことも考えないとなぁ」

「今月から外資系のＩＴ企業に転職したんだけど、すぐに新しいオフィスの設計、内装などを任されて忙しかったことは確かだし、残業も半端じゃなかった」

「優子さんは元気にしているのか」

「あぁ、元気だよ。とにかく僕の健康を一番に気にかけてくれているよ」

「ジョージは忙しそうだから、優子さんの心配も絶えないな。よろしく伝えてくれな」

「ありがとう」

「外に出ようか。蕎麦《そば》でも食べよう」

「外出できるのか」

「一時間ぐらいなら大丈夫だよ」

「小川のほうが忙し過ぎるよ。医者の不養生が心配だよ」

「おまえに言われたくないが、心しよう」

二人は東大近くの蕎麦屋のテーブルで向き合った。

盛り蕎麦を注文してから、小川が温容をほころばせた。

「おまえはジョージ・コーポレーションの社長になった頃から大型のベンツで乗り込んで来て、愛想も良いから、守衛さんたちがフリーパスにしてくれたよな。受付や周囲の人たちは、北野譲治は相当な大物だと思い込んでるぞ」

「大きな顔をした覚えはないが、全て小川先生のお陰だよ」

「朝日高校は十クラス、生徒数四百五十名の中で、ジョージは美丈夫で際立っていた。やっかみたくなるほどな。女子生徒の憧《あこが》れの的だったが、おまえは目もくれず、悠然と構えていた。ただ、面倒見は良かったよな。数学と物理は得意中の得意で、宿題はみんなに教えてやるし、テストの答案を見せたこともあっただろう」

「何人かの答えが全く同じで、先生に呼ばれて叱られたことがある」

「それも一度や二度じゃなかったよな」

「おまえは国語も英語も全てできたなぁ。全教科では常に小川が一番だったからな」

「岡山朝日は県立ナンバーワンで、越境入学を二十人認めていたなぁ」

「小川と僕は電車通学組で、僕は駅から自転車を利用していたよ」

「そうそう、帰りは、いつも駅までジョージの自転車の後ろに乗せてもらったなぁ」

「二十人の越境組は勉強ができるヤツばかりだったが、東京へ出て来たのは小川と僕の二人だけだった。僕は、朝日高校の浪人生クラスに通うつもりだった。ところが小川に『一緒に駿台《すんだい》予備校へ行こう』と誘われて、大阪の小川の親戚《しんせき》の家に泊めてもらって、予備校の試験を受けたんだよな」

「二人で東京に出て来て、一緒に駿台予備校に通えたのは嬉《うれ》しかったし、心強かった」

　小川が遠くを見て続けた。

「ジョージとは長い付き合いだが、これからもよろしく頼むよ」

「僕が言うセリフだよ。小川のお陰で、どれほど安心感があるか分からない。それに東大医学部で伸《の》して行くことは間違いないと思っている。東大医学部教授を友達に持てるのは自慢になるからなぁ」

「そんなに甘くないし、簡単なことではない。ゴマすりが苦手な俺は、割を食うかもなぁ」

「たしかに小川がゴマすりできるとは思えないなぁ。自然体で鷹揚《おうよう》に構えているからこそ値打ちがあるんだろう。繰り返すが、僕は小川なら必ず教授になれると確信しているよ」

「研究などの仕事面では、医局内で一目置く仲間は一人もいないような気がするが、上層部がどう見るかは別問題だ。ま、せいぜい助教授くらいが関の山だろう」

「謙遜《けんそん》謙遜。小川は岡山朝日高校が生んだヒーローなんだからな。僕たちの夢でもある」

「それは北野譲治のほうだろう」

「本当はどうなんだ？　教授を目指していないとは思えないけど」

「さぁ、どうかなぁ」

小川は照れくさそうに、はぐらかした。

5

年が変わった一月上旬、イーパーセルは千代田区神田須田町のオフィスで本格的なスタートを切った。

財津はなんと一人八百万円もの大枚を投じて、大手ヘッドハンティング業者から二人の幹部社員をスカウトして、北野たちを驚かせた。

一人は多山信彦《たやまのぶひこ》営業本部長。神戸《こうべ》大学工学部卒業後、日本ＩＢＭ営業部長として、三菱重工を担当していた。もう一人は小林裕亨《こばやしひろたか》マーケティング本部長。東京大学工学部卒業後、米国マイクロソフト本社でマーケティングを担当していた。

ついでながらＣＯＯ職が廃止され、森山和彦は技術本部長に降格された。ＣＯＯといえばＣＥＯに次ぐ副社長的存在だが、財津の勘気に触れた何かがあったと、北野は思うしかなかった。ＣＯＯ廃止の理由はなんら説明されなかったのだ。

「ああそうそう北ちゃんの肩書きは〝総合企画部長〟ということにする。営業部や運用部になんでも言える、指示できるのが君の立場だ。もちろんＣＥＯとの合意の上であることは言わずもがなだ」

北野は生返事をした。

一月からスタートしたイーパーセルのメンバーは財津ＣＥＯ、久岡ＣＦＯ、森山技術本部長、多山営業本部長、小林マーケティング本部長、小川運用部長、北野総合企画部長、女性秘書三名、事務の女性一名の計十一名である。

女性秘書の三人はいずれも美形で、財津ＣＥＯ専属である。彼女らは財津夫人の友人で、日銀や三菱電機などの有名企業の秘書室に勤務した経験があり、日替わりで出勤していた。

彼女らの直属の上司は久岡ＣＦＯだが、同室の北野がほったらかしにする訳にもいかず、秘書たちの面倒もみることになった。

北野の肩書きの〝総合企画部長〟とは名ばかりで、スタートして間もないイーパーセルでは、要するに〝何でも屋〟であった。

ジョージ・コーポレーション時代に築いたネットワークや友人関係を駆使して、ありとあらゆる業界へのセールス活動に没頭した。

一月に最も力を入れたのが金融機関への営業であった。古巣の大東京火災海上保険はもとより、会田からの紹介で日本輸出入銀行、四元の弟弟子として付き合いが深い元大蔵官僚からの紹介で三井住友銀行、協和銀行新宿西口支店で世話になった松岡洋一の紹介であさひ銀行など、それぞれIT担当役員が部下を同席して対応してくれ、いずれも親身になって財津の〝e-FedEx Project（電子物流ビジネス）〟の話に聴き入ってくれた。

財津は、これらのセールスが全て成功するとでも思ったのか、ボストンに戻る前日、幹部をミーティング室に集めぶちあげた。

「今月、最もパフォーマンスを示してくれたのは、北ちゃんです。大変興味深い方法を教示してくれました。日本のマーケティングのあり方をボストンにも教えて、参考にしたいと考えています」

財津は、北野の手腕を評価し、不動の成果に結びついたと予感したに相違なかった。

興奮の余り、声がうわずり時には裏声になったりしていた。

この日、一月三十一日に北野は〝経営企画担当執行役員〟に昇格した。

だが、訪問した企業の担当者と二回目の面談に入ると、ファースト・ミーティングの感触とは一変して、ビジネスの難しさを痛感することになった。

こんなやりとりが北野と大東京火災の担当幹部との間に交わされた。

「独自技術を嫌う日本の大企業特性の壁は厚いと思う。イーパーセルの技術が世界最先端という点では大いに興味は湧くが、我が社にとって必要なのかがはっきりしないからね」

「イーパーセルの技術をテストで使ってみてから、評価してくれませんか。これは御社のためになることなんです」

「全く同感だ。ところがいざとなると少数意見に過ぎないんだよ。大企業は優れた独自技術よりも安全な世界標準技術の方を採用したがるので、イーパーセルを採用するところはないかもしれない。しかも財津CEOは上から目線の人で、売ってやる、使わせてやるっていう姿勢を露骨に出しちゃうからなぁ」

痛いところを突かれたと、北野は思った。

「一九九九年秋から、米国本社ではリーマンブラザーズ証券が、イーパーセル技術の大型採用第一号になっています。どこよりもすぐれている技術なら、名もないベンチャーであっても使ってみようとする、アメリカ企業の懐の深さみたいなものがあるんでしょうねぇ」
「日本企業はリスクを避けたがるからね。彼我の差は縮まらんだろうなぁ」
リーマンブラザーズ証券がイーパーセルを導入したとの実績は全国紙で大きく報じられたが、波及効果はゼロに等しかった。

この頃、財津ＣＥＯはひと月置きにボストンと東京を行き来していた。東京での住まいは帝国ホテルのジュニアスイートルームである。東京滞在の一か月間は北野が昼食と夕食を共にしていた。

昼食は神田須田町界隈《かいわい》の蕎麦屋やとんかつ屋などであるが、夕食はステーキやすき焼き、焼き肉など毎日肉が中心の食事であった。

会食後は帝国ホテル十七階のバーでウィスキーをしたたかに飲むのが常だった。席も霞《かすみ》が関《せき》の官庁街が真正面に一望できる場所に決まっていた。

「日本は官僚が頑張っているお陰で、経済繁栄が担保されているんだ。彼らに負けないように頑張って、世界制覇しようじゃないか。われわれにはそれほどのパワーが備わっているんだ。ボストンで実証したことが、日本でできないわけはない。それも短時間のうちにやってのけなければならない。ボストンでの大型プロジェクトは、世界中から称賛され、絶賛されることは間違いない」

もっぱら聞き役の北野は、財津節を夢物語とまでは思わなかったが、上からの目線が過ぎるように思えてならなかった。営業とは下からの目線で少しでも相手の立場にたち、寄り添うことによって、成り立つものだと北野は信じて疑わなかった。ボストン方式を日本であてはめようとしていること自体無理があり、齟齬《そご》を来《きた》すんじゃないかとの心配が頭の中を占有していた。

6

河田竜弥は父親の反対を押し切って、二〇〇一（平成十三）年四月一日付けでイーパーセルに就職したが、八月のある日、竜弥は北野に悩みを打ち明けた。

「財津CEOの性格に疑問を感じざるを得ません。キャリア、経歴は凄《すご》いと思いますが、僕には誇大妄想としか思えません」

「例えばどんなこと？」

「今現在、イーパーセルの株式は一株四千万円で、時価総額九十六億円、上場すれば数千億円になると本気で話しますからね。どう考えたって、不可解です」

「確かに財津CEOの頭の中は掛け算しかないんだよねぇ。以前こんなことがあったんだ。あさひ銀行への営業で感触が良かったとき、『日本には銀行が何行あるんだ。その内の半数が採用すると数億円になるからね』と。信じられないけど本気なんだなぁ。帝国ホテルが常宿というのも気にならないほうがおかしいな」

「女性秘書は三人とも財津氏専属というのもおかしくないですか。令夫人のお友達というのもどうかと思います」

「…………」

「北野さんは、こんな変な会社でも見限らないのですか」

「最後まで見届けるつもりだ。僕なりに考えているし、仕事もしているからね」

「北野さんの仕事ぶりに驚いています」

「驚くねぇ。呆《あき》れてるって君の顔に書いてあるが、イーパーセルの為に人事を尽くすつもりでいる」

「北野さんの全力投球ぶりについては、父からも聞いています」

「君のお父上は僕の恩人なんだ。なんせ契約社員の第一号として、スカウトしてくださった方だからねぇ」

「父に人を見る目があったということになりますね。ま、自慢の父ですよ。それはそうと気懸かりな点を申し上げてよろしいですか」

「どうぞ」

「財津ＣＥＯは北野さんを頼り過ぎていませんか。最近は政治家とか経産省の官僚を紹介したり、大活躍しているんですから、執行役員は当然です。僕が見ている限り久岡ＣＦＯは何をしているのか分かりませんが、森山技術本部長は資料づくりや調査仕事が大好きで、僕たちに手伝わせているのですが、怒鳴ってばかりですよ。僕の上司の小川部長はプログラミングのやり方など丁寧に指導してくれます。でも、最も重要な営業部門は、多山本部長がＩＢＭ時代のネットワークを駆使して営業しているとは言え、いまだ部下は一人も与えられず、結局北野さんが最前線で駆けずり回っている訳じゃないですか」

「仕事をするたびに名刺の肩書きが変えられるのは参るけどね。先月からは〝第二営業本部長〟になったしな。とにかく財津ＣＥＯは〝組織〟が一番の人だからね」

「この会社は役員と幹部だけで、実務をする人間がいないじゃないですか。ヒラは僕一人ですよ」

「確かにベンチャー企業の活気は感じられないね。ベンチャー経験者は僕一人で、幹部たちは皆大企業の経験しかないから、自ら動く方法が分からないのかも知れないね」

「財津ＣＥＯが東邦《とうほう》商工との契約を突然解消したのも理解できません」

一九九八年から二〇〇一年夏まで東邦商工が、イーパーセルの日本における販売権を独占的に保有していたが、財津はちょっとした感情をセーブできず、突然契約の解消を通告し、二億円の違約金を支払わざるを得なくなったのだ。

「北野さんはこの会社の将来に希望が持てますか」

「希望ねぇ。ジョージ・コーポレーションを捨てて、イーパーセルに夢を託したのだから、簡単には諦《あきら》めないよ。イーパーセルを日本で輝ける存在、盤石な会社にしたいと願っている」

北野と河田の話は長くなり、昼食に持ち込まれた。近所の蕎麦屋のテーブルで二人が向かい合ったのは、午後一時近かった。

北野は盛り蕎麦を、河田は親子丼を注文した後で、河田が急き込むように話し出した。

「私の見たところ久岡ＣＦＯも森山技術本部長も仕事らしい仕事をしていませんよね。余計なことですが、給与は北野さんより相当高い筈です。北野さんがムキになって仕事をしているのはどうしてなんですか」

「ムキになっているつもりは全くないけどなぁ。仕事のアイディアを考えるのが好きなだけのことだし、財津ＣＥＯも僕を頼りにしてくれるから、頑張らざるを得ない面もあるんだろうね」

「あさひ銀行や大東京火災などの金融関係者を財津氏に紹介したのは、ま、許されますが、経産官僚を引き合わせるのはいかがなものかと思います。やり過ぎじゃないですか」

「そうかなぁ。イーパーセルのためと思えば、許されるんじゃないのか」

「まるでパートナーみたいですよ。北野さんに対するCEOの甘え過ぎも目に余ります」

「君は財津CEOに含むところがあるからなぁ」

「人間性を疑っているだけのことです。私も見込み違いをしていたので、大きなことは言えませんけど」

「僕は縁あってイーパーセルで仕事をすることになった。イーパーセルの〝経営企画担当執行役員〟、〝第二営業本部長〟として、人事を尽くすのは当然だと思うしかないな」

「CEOの秘書が三人もいるのに、全然機能していませんよね。その分まで北野さんが割を食っているんです。昼食だけでなく夕食まで付き合わされるなんて、信じ難いというか我が耳を疑いたくなりますよ」

「その点は女房にも注意された。体重の増え方が異常だと言われて、くさっているんだ」

河田が目をすがめた。

「失礼ながら百キロはあるんじゃないですか」

北野の頬がふくらんだ。

「量ってないから分からない。そこまではないだろう」

「怖くて体重計に乗れないんじゃないですか」

ずけずけと痛いところを突かれて、北野はふくれっ面を横に向けた。

河田があわてて話題を変えた。

「財津ＣＥＯに紹介した経済官僚は、なんという人ですか」

「赤石浩一さん。僕と同じ歳の誼《よしみ》もあって仲良くしてもらっているんだ。建築学科の友人の大野博之君の学芸大附属高校のクラスメイトなんだ。僕が主催する『谷中の政経塾』にも講師として参加してくれている。官僚っぽくないっていうか、ざっくばらんな好人物だよ。今は経済産業研究所の研究員なので、彼らが主催するセミナーで、財津ＣＥＯの講演をお願いしようと考えている」

「北野さんが幹事役をしている勉強会のメンバーは皆さん優秀で、いろんな分野で活躍されていますね。北野さんのまわりは、友達の友達とか、どんどん増えていくんですね。それが財産にもなっている。羨《うらや》ましいです」

「僕も友達から助けられることが多いので、ありがたいと思っているんだ」

盛り蕎麦と親子丼がテーブルに並んだ。二人はしばし食事に集中した。

北野と河田が食事中の同時刻、北野優子は、文京区本郷の東京大学医学部の小さな会議室で小川誠司に会っていた。

「深刻な話だねぇ。北野には昨年の暮れ以来会ってないが、そんなに太っちゃったの？　IT企業に転職したと聞いているが、ストレスによる過食と運動不足でしょう」

「はい。ここのところ自宅で食事したことがありません」

「土日も？」

「そうなんです。仕事が忙し過ぎることも気になります」

「北野は昔から、何でもかんでも背負い込むほうだからな。お陰で我々はどれほど助かったか分からない。冗談を言っている場合じゃないね」

　小川は温容を引き締めて続けた。

「私からきつく注意しておくよ。優子さんが来たことは明かしていいの？」

「ええ。小川先生に泣きつくしかないと思ったのは事実ですから」

「分かった」

　優子が引き取ったあと、小川はすぐに北野のケータイを鳴らした。

「はい。北野です」

「小川だけど。至急会いたいのだが……」

「昼食を終えたところだが、なんなら今からでもいいぞ」

「それなら、すぐ来てくれるか」

「分かった。じゃあ、後ほど」

白衣の小川は首に聴診器をぶら下げていた。

「なるほどねぇ。これじゃあ優子さんが心配する訳だな」

小川はしげしげと北野を見つめてから、のけぞるような姿勢を取った。

「優子がここに来たのか」

「うん。今にも泣きそうな顔をしていたぞ。そんなにぶくぶく肥えちゃったら、泣きたくもなるよなぁ。入院して病院で管理するのがベストだが……」

「勘弁してくれよ」

「音を聴いてみよう」

小川は強引に北野の上半身を裸にして、聴診器を胸や背中に当てた。そして脈を診た。

「血液検査は必要だなぁ。とにかく食事は努めて家庭で摂《と》るようにした方がいいな」

小川は真顔で静かに話した。

それだけに北野も心して聞き入った。

「ジョージはゴルフやテニスをする時間はないだろうが、水泳ぐらいはできるだろう。

運動不足解消は必須だ。毎日一時間泳ぐぐらいのことは考えなければなぁ」

「朝八時から夜中の二時まで、ＣＥＯに付き合わされていて、水泳に一時間割くことは難しいよ」

「ＣＥＯとやらは運動してないのか」

「彼は毎日帝国ホテルのプールで泳いでいて、結構引き締まった体形をしているよ」

「だったら一緒に泳いだらいいじゃないか」

「それはご免こうむる。とてもじゃないが、そんな気持ちにはなれないよ」

「土日までも妙なＣＥＯに付き合う必要はない。イーパーセルを辞めることを勧めたいくらいだ。ジョージなら引く手数多《あまた》だろう。とにかく、目の前にいるジョージは異常としか言いようがない。自分自身の身体をいたわらないでどうする。これ以上優子さんを泣かせるようなことをしたら許さんからな」

小川の口調が冗談ぽくなったが、北野の胸にずしりと響いた。

「毎日のプールは無理だな」

「強く言ったまでだ。週三度ぐらいはなんとかなるだろう。土日を家庭で過ごすことは医師としての厳命と心得てもらいたい」

「分かった。なるべくそうする」

「なるべく？　冗談じゃないぞ」

小川はぷいと横を向くほど強いもの言いだった。

この夜も北野が帰宅したのは午前二時近かった。

妻の優子は必ず起きて待っている。特に一戦を交えなければならないと思っていたので、『少しは早く帰って来られるのではないかと期待していたのに……』と恨みがましくなるのもやむを得なかった。

「きみ、小川に会ったんだってねぇ」

「いくら私が注意しても、あなたは聞く耳を持たないので、思い余って小川先生に相談したんです」

「小川から呼び出されて、このままの食生活を続けたら、メタボが高じて死ぬぞって脅かされたよ」

7

ボストンのイーパーセル本社では、一九九九年秋に巨大投資銀行のリーマンブラザーズ証券と提携し、既に約三百社もの企業と契約が成立していた。売り上げは年間五、六千万円ほどであったが、投資家たちからは大いに注目されていた。

さらに、この頃はＦｅｄＥｘとの大型プロジェクトが進行していた。この事業を推進するために、財津はボストンで優秀な人材を百名ほど採用し、日本で集めた十六億円のほとんどをこれにつぎ込んでいた。

二〇〇一年八月下旬、出張で一時帰国していた会田守志は一年半ぶりに北野に会って、愕然《がくぜん》とした。北野は見違えるほど太っていたのだ。

日本と米国とを一か月置きに行ったり来たりしていた財津は、五月からは日本に滞在しっぱなしの状態が続いていた。しかも家族はボストンに残して、帝国ホテルでの単身赴任生活なのだ。

そのお陰で北野は財津のお守《も》り役をさせられて、酷《ひど》い目に遭っていた。朝食はともかく、毎日、ランチとディナーを付き合わされるのだから、たまったものではない。ディナーはもっぱら帝国ホテルなどでのステーキのフルコースだから、北野は見る見るうちに体重が増え、百キログラム超のメタボリックシンドローム体型になるまで、さしたる時日を要さなかった。

「運動不足も極まれりなんじゃないのか」

「財津ＣＥＯに昼食と夕食を付き合わされてるんだ」

「耳が痛いよ。財津氏を紹介したのは俺だからなぁ。もっと良く観察すべきだった。

ボストンでの評価も、芳しくないことが分かってきた。財津氏の虚像を見抜けなかったことを反省している」

「それはちょっと違うと思う。僕はＩＴに強い大野博之君を財津に紹介したんだが、彼は一目で財津を見抜いて相手にしなかった。大野は一回会っただけで、財津氏のような思い込みの激しい人とは一緒に仕事はできないと決めたんだ。大野の助言を受け入れるべきと思わぬでもなかったが、僕が加わればイーパーセルの世界制覇も夢じゃない。技術で世界を変えることができるとの思いが強くなっていたからな。会田には何の責任もないし、咎《とが》めるつもりは毛頭ない。僕自身が選んだ道なんだから安心してくれよ」

「北野の優しさには頭が下がるよ」

「会田は親友なんだ。優しさなら会田のほうが僕より勝っている」

「ありがとう。それにしてもメタボ体型は気になるなぁ。食事の量を控えて運動する以外に解消できないぞ」

　会田は、北野がメタボで早死しないかと本気で心配した。

「朝八時に出社して、夜中の二時まで財津ＣＥＯに拘束されているが、回数を減らすにはどうしたらいいのか考えてみるよ」

「北野が財津氏から気に入られているのは分かるが、限度を超えている。優子さんだって心配してるだろう。家庭崩壊なんてことにならなければいいんだが」

8

九月一日付けで田窪《たくぼ》徹《とおる》がイーパーセルに入社した。ヘッドハンティング会社からの紹介である。昭和三十八年生まれで、東京大学工学部を卒業後、日本電信電話公社（ＮＴＴ）に入社。在籍中に米国コーネル大学大学院に留学し、修士課程を修了していた。

田窪はＮＴＴでの仕事にやり甲斐を見いだせないでいたのだ。ＮＴＴが提供する製品の多くは、取り引きベンダーに外注するため、自ら製品づくりに関わることは無かった。自分で設計し、自分でつくる環境に移りたいと考え、イーパーセルに入社した。

北野は田窪の面接に応じたとき、話をしていてこの男なら波長が合うとの思いを強くした。

「モノづくりの仕事ができれば、ほかに望むことはありません」

「存分に腕をふるってください。田窪さんの仕事ができる環境を整備することが僕の役目です」

年俸やら健康保険やら事務的な話をしたあとで、北野はこれぞ同志が出現したと実感し、心をときめかせた。こんな経験はついぞ無かったことだ。

その三か月前に、渋川昌樹《しぶかわまさき》が入社した。昭和三十九年生まれで、中央大学商学部を卒業し、広告会社の制作営業を経験していた。渋川の実父は、古村夏生から紹介された人なので、その誼もあって、財津に相談せず独断で採用したが、パソコン好きの真面目な性格故か黙認してくれた。

9

ＣＥＯ室から、悲鳴とも取れる甲高い声で、「おまえら、すぐに俺の部屋に来い！」と財津の絶叫が聞こえた。

北野は多山と小林の三人で営業ミーティングをしていたのだ。

九月十一日午後十時を過ぎた頃だ。

北野たち三人がＣＥＯ室に入室すると、久岡と森山はすでに集合していた。

大型テレビの映像には、巨大ビルに大型旅客機が衝突する衝撃的なシーンが映し出されていた。

財津が喚《わめ》くように言葉を発した。

「ニューヨークの世界貿易センタービルに飛行機が突っ込んだんだ。どういうことなんだ。いったい何なんだ！」

　北野は息を呑《の》み、身内の震えを制しかねた。握り締めた掌《てのひら》が汗ばんでいる。

「あああっ！」

　財津の絶叫と共に、ビルが崩れ落ちた。

「何でこんなことが起きるんだ！　アメリカがまずい。アメリカがまずい。えらいことになった」

　財津の独り言は一オクターブ上がって裏声に近かった。

「えらいことになった。えらいことになった。誰の仕業だ？　米国本社はどうなるんだ」

　ソファーから起ち上がったり、座ったり、喚きながら室内を歩き回っている。顔色も土気色だった。

　北野は財津の目を避けて、「家で所用がありますので今夜は失礼します」と頭を下げて退室した。

　下手をすると財津の常宿、帝国ホテルのバーに引っ張り込まれかねないと怖れたのだ。

　北野が帰宅すると、優子が興奮気味に、テレビのニュース番組を観ていた。

「あなた、会社で観たんでしょう」

「ライブカメラの映像を見て衝撃を受けたよ。財津ＣＥＯが喚きちらして、アメリカは終わったとか資本主義は滅びるとか、口走っていたが、米国本社がどうなるのか気が気じゃないのも良く分かるよ」

世界貿易センタービルの崩壊がビン・ラディン率いるイスラム過激派の仕業であることが、後日明らかになるが、アメリカの混乱ぶりは想像を絶するほど凄《すさ》まじかった。

財津はすぐにボストンに急行していたが、ひと月ほどで戻ってきた。

幹部をＣＥＯ室に集めた財津は、目も当てられないほど憔悴《しょうすい》し、険しく尖《とが》った顔で、かすれ声を押し出した。

「米国本社は進行中の大型プロジェクトの全てが頓挫《とんざ》し、経営の危機に直面している。よって、私は日本に腰を据えて、イーパーセルを輝ける企業に育てたいと念じているし、それは十分可能であると確信している」などと話した。

第五章　CEOの怪

1

　平成十三（二〇〇一）年十二月末に第一営業本部長の多山信彦が依願退職した。

　多山は、元日本IBMの部長職で三菱重工を担当していた優秀な人材であった。ヘッドハンティング会社を通してスカウトされたが、イーパーセルでは結果を残すことができなかった。

　財津正明CEOに呼びつけられては、何時間もしぼられ、言い募られれば、気力を維持できなくなるのも当然だ。

　小林裕亨マーケティング本部長のほうがより悲惨で深刻だった。

　出社早々に、社内電話でCEO室に呼びつけられて、何時間もトイレに立つことも許されず、財津から説教されることが度々あった。財津の怒鳴り声、デスクを叩く音、さらに右手指にはめたMITのカレッジリングが机にあたって、カンカンと響く音が廊下まで聞こえるほどだった。

小林は東大工学部卒で、米国マイクロソフト本社でマーケティングを担当していた。多山と同じヘッドハンティング会社を通して採用されたが、財津の期待、要求が大き過ぎただけのことで、わずか一年でいびり出されたのだから、当人を責められない。それどころか、小林はイーパーセルを辞めた後も、自宅の電話が鳴るたびに、耳をふさぎ、受話器を取れなかったという。

小林も辞意を洩《も》らしていると聞き及んで、北野譲治の胸中は揺れに揺れ、眠れぬ夜が続いた。

翌平成十四年二月下旬の某日深夜、ふと六本木の花屋〝フローリスト・マグ〟の池内潤二の顔を思い浮かべ、矢も盾もたまらず北野はジーパン姿で、愛車のベンツで六本木に向かった。妻の優子は寝入っていて気付かなかった。

「おうっ！　ジョージしばらくじゃないか。と言っても暮れには会っているから、ふた月ぶりだな」

池内は手がすいていたので、店内に北野を導いて、笑顔で接してくれた。

「ジュンちゃん。僕また花屋になりたくなったので、ここで修業させてもらえませんか」

「なんだと。花屋になりたいだって。おまえ、俺をからかってるのか」

「本音です。本気ですよ。イーパーセルの社長が営業の最前線で陣頭指揮を執りだしてから、現場はから回りして会社は機能不全に陥っているんです。そろそろ見切り時かもしれません」

北野の硬い表情から、池内はただならぬことだと察した。

「そう言えば、ジョージの頬のあたりがげっそりしてるなぁ。メタボになったり、目がしょぼしょぼしたり、ジョージの会社の環境が思わしくないのは分かるような気がするが、花屋ならいつでもなれる。せっかくイーパーセルでこんなにまで頑張ってきたのに、諦《あきら》めるだとか見切るのはまだ早い。俺には考えが浅いように思うな」

「財津っていう社長は、ジュンちゃんの想像を絶するような強烈なキャラクターの男なんです。身なりは紳士ですけど、物凄いパワーを持った化け物というか、怪物のような男です」

「ふぅーん。一度お化けの顔を拝ませてもらいたいねぇ。冗談を言ってる場合じゃないな」

「ジュンちゃんに半年も仕込んでもらえば、昔取った杵柄《きねづか》で、なんとか花屋になれそうな気がするんですけど」

「ジョージがその気なら、鍛え直して一人前にする自信はある。六本木に深夜営業する花屋が二軒できるのは良いことだよ。マーケットとしても問題はないが、イーパーセルをそんなにあっさり見限っていいのかどうか、俺はもっともっと考えるべきだと思うな。だいたい優子さんの意見を聞いたのかね」

「いいえ。賛成してくれるかどうか分かりませんが、メタボ体型になったりしたので、身体《からだ》の心配をしていることは確かですよ」

「社長からは〝北ちゃん〟なんて呼ばれて、ジョージの実力を評価してくれているとかいう話を聞いたこともあるけどなぁ」

「ところが最近は口も利いてくれないどころか、顔を合わせようともしないんです」

「つまり、出て行けがしの態度をされているっていうことなのか」

「そう取って取れないこともありません。僕も反発の意思表示を込めて、スーツの着用をやめて、タートルネックのセーターにデニムのパンツ、ラフなジャケット姿で出社し、ぎょっとした顔をされましたが、直接僕に何か言ってくることはありませんでした。イーパーセルで僕を大成させようと、骨を折ってくれた会田君とか、村本社長には、辞めるとは言い出しにくいのです」

「確かにそれも分かるけどな」

「ナンバー・ツーの久岡常務に『北野は辞めるつもりなのかなぁ』と訊《たず》ねたらしいですが、おまえはクビだとは言わないんです」

「ジョージはまだイーパーセルに未練たっぷりで、なんとか一流のＩＴ企業にしたい一心なんじゃないのか。俺は、ジョージなら初心を貫いて、必ず成功するような気がしてならないんだ。花屋は二の次三の次だ。花屋にノスタルジーを持ってくれるのは嬉《うれ》しいが、ＩＴに足を突っ込んで、抜き差しならない、引き返せないのが今のジョージの立場だ……」

来客があり、池内は十分ほど北野の前から離れた。

北野は池内と話をしているだけで元気が出てくるから、ここは自分にとってオアシスみたいな所かもしれないと思った。

池内が戻ってきて丸椅子に座り直した。

「ジョージはイーパーセルで大成するに相違ない。俺はそう確信しているし、なんなら保証してもいいくらいだ。万々一、俺の見立てが外れたら、その時は花屋っていう選択肢もあるんだろうな。ま、有り得んと思うけど」

「ジュンちゃんと話して、気が楽になりました。イーパーセルでもう少し頑張ってみることにします」

「そうこなくちゃあ。ところでジョージ、メタボは少し改善したようだが、面やつれは気になるなぁ。東大の小川先生に診てもらったらどうかな。健康第一、病気したら元も子もないぞ」

すでに午前一時を回っていた。

「ジュンちゃんの忠告に従います。今日は休みを取って東大病院に行って来ます」

「それがいい。持つべきものは友達だな。ステーキばっかり食わされて、メタボにされたんだから、イーパーセルで元を取らなくちゃあ男が廃《すた》るぞ。イーパーセルを軌道に乗せられるのはジョージしかいない。俺のセリフを忘れないでくれ」

「忘れられるわけがありません」

北野は池内に肩を叩かれて、フローリスト・マグを出た。

帰宅すると、パジャマ姿の優子がベッドの上に座っていた。

「どこへ行ってたの？　あなたが居ないことに気付いて、小一時間ほどになるけど……。車もないし……」

「急にジュンちゃんに会いたくなって、六本木に行ってきた。お陰で元気が出て来たよ」

「やっぱりそうだったの。そんな気がしないでもなかったの」

「小川の診察を受けろって忠告されたよ」

「私も賛成。ジュンちゃんに先回りされたわね」

「今日、会社は休みを取るよ」

北野はイーパーセル総合企画室の小さな部屋で机を並べている秘書の一人に電話を

かけて、休みを取りたい旨を伝えた。

「そんなにお悪いんですか。北野さんがお休みするなんて初めてです。今日一日でよろしいのですか」

「はい。明日は出社します。急用があったら、ケータイに電話してください」

「分かりました」

北野はすぐに東大医学部附属病院の小川研究室に電話をかけて、小川医師を呼び出した。

「急なんだけど、今日時間を取ってもらえないかな。診察してもらいたいんだ。おまえの予定はどうだ」

「大丈夫だよ。二時から三時までが一番都合がいいな」

「分かった。じゃあよろしく頼む」

「ジョージ、気のせいか声に張りがないな。とにかく待ってるよ」

小川の診察は例によって慎重だった。

「胃が差し込むようにキリキリ痛むし、ここのところ眠れない夜が続いているんだ。眠りに就いても一時間おきにすぐ目が覚めてしまう」

北野は最近あった出来事を丁寧に事細かく話した。

小川が、穏やかな友人の顔からキリッとした医師の表情になる。北野は会社での仕事の環境や社内の人間関係など、包み隠さず詳《つまび》らかに話した。

「今日はレントゲンを撮っておこう。それから念のために胃の検査の予約を入れておくよ。でも、ジョージの話を聞く限り、一度、心療内科にかかる方が良いと思うな」

「心療内科って？　精神科ってことか」

「いや。心配することはないが、軽い心の病の可能性が高いと思う。医学部の同期で心療内科の専門医が最近、成城にクリニックを開業したので、そこで診てもらうといいよ。今すぐ、紹介状を書くから」

「分かった。成城ならわが家から近くてありがたい」

「じゃあ、明日にでも行けるんだな」

「うん。そうする」

「鬱《うつ》病とまでは言わないが、その気がしないでもない。専門医に診てもらうに越したことはない」

「ええっ、鬱。ちょっとオーバーじゃないのか」

「違ったなら違ったでいいじゃないか。とにかくすぐに診てもらったらいいよ。薬はビタミン剤だけにしておくよ」

「実は、きのう深夜に六本木の花屋へ行ってジュンちゃんに会って来たんだ」

「ああ。一度イタリアンのレストランでご馳走《ちそう》になったことがあったね」

「ジュンちゃんが小川先生に至急診てもらえって勧めてくれたんだ」

「鬱とか自律神経失調症は、ともかく専門医に診てもらうのが一番だからなぁ」

小川は強引だった。紹介状を北野に押しつけて「結果は電話で教えてくれな」と言って、立ち上がった。

翌日、成城の心療内科クリニックで、初診の受付をすませると、北野は憂鬱になった。待合室はふさぎ込んで見える患者ばかりで、気が滅《めい》入り、鬱病にかかってしまった気分になったのだ。

小川からの紹介とあって、クリニックの院長の対応はとても丁寧だった。

「過労による情緒不安定、自律神経失調症の疑いあり。初期の鬱の症状は否定できない」と診断され、週一回の通院と抗鬱剤の〝パキシル〟と睡眠導入剤の〝ハルシオン〟を処方された。

北野は、診断された病名に衝撃を受けた。鬱病というのは正しい初期対応が重要だと、小川から聞いていたので、とにかくイーパーセルを早期に辞職して生活環境を変えなければと焦りに似た恐怖感を覚えた。

その後も財津は北野と顔を合わせようとせず、出て行けがしの態度を露骨に示し続けた。

財津による昼夜のステーキ攻めが無くなったのはもっけの幸いである。

北野は区切りの良いところでと、三月三十一日付けで辞表を出そうと準備をした。

2

当時、イーパーセルの技術部門はシステムの監視およびカスタマーサポートを行う〝運用部〟と、製品の品質管理や営業部のセールスを支援する〝技術部〟に分かれていた。ただし、メインのシステム運用や製品の開発は米国本社で行われ、日本法人技術部門の従業員は多い時でも十名を超えることはなかった。

北野はユーザーから、込み入った技術的な質問を受けると、技術部長の田窪徹にアドバイスを求めていた。田窪とは業務の話のみならず、様々な世間話もするようになり、心療内科への通院についても、田窪にだけは経緯を含めて詳細に開示した。

「そんな大変なことになっていたのですか」

「高校時代からの親友で東大病院勤務医の厳命なんです。妻と小川医師の忠告には従わざるを得ないでしょう」

「財津社長は〝北ちゃん〟と呼んで、常に北野さんを頼っていたじゃないですか。このところ食事も一緒に出かけないし、様子がおかしいとは思っていましたが……。

北野さんほどタフな人がここまで追い詰められるとは、財津社長という人はモンスターということですね」

「イーパーセルを辞めて、暫《しばら》く休養をとれば体調が回復することは分かっているし、要は健康第一なので、それ以外に選択肢はないかも知れない」

「いやぁ。お願いですから、辞めるのはちょっと待ってください。この会社でまともに実務ができるのは北野さんだけです。北野さんが抜ければこの会社は保《も》ちません。辞める時は一緒ですよ。約束してください」

田窪のもの言いは静かながら、はっきりしていて、北野の胸に響いた。

この日の夕刻、オフィスには二人だけだったので、会議室で話し合った。

「学生時代の四年間、六本木の花屋でアルバイトをしていたんです。先日そこの店主の池内潤二さんに会って、イーパーセルを辞めて花屋になりたいと言ったら、えらく叱られましてね」

「ジュンちゃんとジョージの仲だったことを以前聞きました」

「そうか。六本木の花屋の話は何度もしたんですね。やっぱり僕は病気かなぁ」

「何をおっしゃいますか。私も同じ事を何度も繰り返し話しますよ。ジュンちゃんの話はまだ二度目ですけど、お二人の友情は羨《うらや》ましく思います。それにイーパーセルを辞めてはならないとの助言もさすがです」

「………」

「私は財津社長の起業家としての類《たぐ》い希《まれ》な才能は高く評価していますが、ゼロから一を生む能力と一を十にする能力は別物だと思うんです。つまり、今は、一を十にするフェーズです。だから、営業現場は北野さんにすべて任せるべきだということです。そうすれば、イーパーセルはもっともっと売れますよ。私は確信しています。われわれがこんなに苦労している一方で、久岡常務と監査役の森山前技術本部長の二人は財津社長に追従するばかりで売上げに貢献するでもなく、毎日何をやっているのかさえ分からない。特に最近は私たちとの間に壁を作って、自分たちの世界に閉じこもっているとしか思えません」

「そうですね。でも、今の僕は心療内科に通院している身ですから、彼らとの壁を取り壊すほどの気力はないですよ」

「心療内科に通うべきはむしろ財津社長のほうですよ」

「僕は財津ＣＥＯに辞めさせられるのは潔しとしないのですが、辞表はデスクの引き出しに用意してあります。日付を入れれば、いつでも提出できるように」

「北野さんがご自分の健康を考えて決めたことであれば、辞めるなとは言えません。でも、辞める時は一緒ということだけは忘れないでください」

「しかし、財津ＣＥＯから顔をそむけられる僕の立場も考えてください。〝電子宅配便〟という世界初のビジネスを成功させるために第二の人生を賭《か》けて挑戦し、家族との時間も顧みず仕事に没頭してきたんですよ。なのに、昨年の暮れから意見を求められることすらなくなり、全く無視され続けているんですからね」

「北野さんを無視しているのは、一時的なもので、ほどなく〝北ちゃん〟になりますよ。財津社長が北野さんをどれだけ当てにしているか、僕には良く分かるんです。なんせ、社長業を経験した人は北野さん以外にいないんですから。確かに財津社長は世界に冠たる技術を開発した。それは認めざるを得ませんが、経営能力はまた別の話です。実際、会社の経営状態がどうなっているのか、皆目分からない。北野さんにも財務面での相談はないのですよね」

「そうなんです。財務情報に関しては財津ＣＥＯと久岡ＣＦＯが握っていて、僕には全く開示しませんね。大体の収入は把握していますが、そのキャッシュを何にどう使っているのか、支出のほうがさっぱり分からないんです。だから、わが社の正確な経営状況は闇の中です」

「相談しないのは、恥を晒《さら》したくないからでしょう。ボストンの本社ではビッグビジネスが進行していて、新製品の開発をしているということは本社の技術部門から聞いていますが、おそらく上手《うま》く行ってないんじゃないですか。そもそも上手く行っていれば、財津社長のことですから大威張りで、全員を集めて大演説してますよ」

「そう言われればそうですね」

「北野さん、米国本社の技術部には何人の技術者がいるかご存じですか」

「いや、知りません」

「びっくりしないでくださいよ。百名近くいるんですよ」

「えっ。本当ですか。正直びっくりです」

「ねっ。びっくりでしょう。日本は十名もいないのに。しかもアメリカの技術者の賃金は高いですから、毎月莫大《ばくだい》な人件費が発生していると思いますよ。いったいどこにそんなお金があるんでしょうね。そろそろ限界が近づいているのかも知れません」

「そうか、日本法人だって、いつどうなるか分かりませんね」

「小川運用部長がふと漏らしたのですが、日本法人を設立した時点で、米国本社の日本総販売代理店だった東邦商工とは契約期間を残していたため、トラブルになったらしいですよ。相手は大企業ですから、大揉《も》めに揉めた結果、二億円の違約金を支払って強引に契約解除に持ち込んだようです。東邦商工が獲得していた国内のお客様との契約の解約に歯止めがかからず、以来収益がガタ落ちしているみたいです。わが社が、どれほど厳しい戦いを強いられているかは正確には分かりませんが、決して楽じゃないということです。だからこそ北野さんを頼るしかないんです。出番はもうすぐ必ずやってきます」

「田窪さん、半病人の僕を買いかぶり過ぎです」

「メタボもだいぶ改善してきたじゃないですか。通院の必要はすぐになくなりますよ」

「いつものことですが、田窪さんと話していると、元気が出て来ますよ」

「北野さん。これから飲みに行きませんか。浜田山《はまだやま》まではご迷惑ですか」

「そんなことはありません。浜田山は懐かしいです。妻が結婚前に隣駅の西永福《にしえいふく》に住んでいたので、浜田山のあたりはずいぶん通いました。嬉しいですよ」

二人は都営新宿線小川町《おがわまち》駅から京王線の明大前《めいだいまえ》駅で井《い》の頭《かしら》線に乗り換えて浜田山駅で下車した。

浜田山駅から徒歩三、四分の鎌倉《かまくら》通りに面した〝ファンキーチキン〟が目指す焼鳥屋だった。

馴染《なじ》みとは言えないまでも、田窪が何度か通っているのは、カウンターの一番奥の席に腰を下ろした様子で汲《く》み取れた。

〝ファンキーチキン〟はただの焼鳥屋ではなく、白木の広いカウンターは割烹《かっぽう》料理屋の風情である。しっかりした空調のせいか、べたついた感じは全くなかった。

北野が何より嬉しかったのは、焼鳥もさることながらポテトサラダやレンコンの挟み焼き、レバーのパテなどのおつまみが豊富なことだ。特にささみの風干しは絶品だった。

「たしかに神田界隈《かいわい》の焼鳥屋とは違いますね。ご夫婦が寄り添って、手際よくお客さんをさばいていて、見事なものです」

「一九九九年の開店なので、まだ三年ですが、評判は上々ですよ」

「妻を連れてきたら喜びます」

「是非そうしてください。次回はウチのも一緒に四人で飲みましょう」

二人は生ビールで乾杯し、あとは白ワインか焼酎《しょうちゅう》で少し悩んだが、「白ワインでいきましょう」という田窪のひと言で決まった。

最後の親子丼の旨《うま》さと言ったらなかった。こんなことなら焼鳥を控えればよかった、とさえ北野は思った。

その夜、北野は一風呂《ふろ》浴びるなり、眠りに就き、久方ぶりにぐっすり寝込んで、優子を安心させた。

「あなた、導入剤も呑《の》まずに七時間も熟睡したのは、何か月ぶりかしら？」

「昨夜、田窪さんと飲みながら悩み事を話したお陰で、気持ちが楽になったからかな」

辞めることは考えないようにしよう。田窪と一緒なら、イーパーセルに留《とど》まるしか取るべき方途はないとさえ思えてくるほど、士気が高揚してくるから、我ながら不思議だった。

3

久岡ＣＦＯが作成した電子物流市場の分析結果や事業計画書を基にした財津のプレゼンテーションは、新たな投資家から高く評価され、再度大きな資金調達に成功した。

一息ついたものの、営業成績は一向に好転を見せず、日増しに厳しくなっていた。

六月中旬の朝一番に、久岡から内線電話が入った。「社長が北野さんと話がしたいとおっしゃっていますので、ＣＥＯ室を訪ねてください」とのこと。

北野は直接電話すればいいものをと思いながら、久々にＣＥＯ室のドアをノックした。

「北野です。お呼びでしょうか」

「北ちゃん。七月から若手の営業マンを二、三名採用して、営業部隊を立て直すことにした。私が営業本部長として先頭に立つから、もう一度営業現場に戻って、一緒に汗を流して欲しいんだよ。頼むよ」

財津は猫撫《ねこな》で声で言った。

「分かりました」

北野は財津のビジョナリーとしての類い希な才能を誰よりも高く評価していたが、

営業現場のトップとして陣頭指揮を執ることにはどうしても疑問を感じざるを得なかった。しかし、この場では小さく頷《うなず》くしかなかった。

わが社の営業マンに求められる能力は、世界初の電子物流ビジネスの市場を自分なりに定義する柔軟な頭脳とタフな精神力であって、決して体育会系のそれではない。まともな人物が採用されればいいが……。

そんな折、北野が以前からセールス活動を続けていた株式会社日立製作所が、主要なグループ企業への新サービスとして、イーパーセルの電子配送技術を正式採用したのだ。日立グループ各社の企業間及び各社とサプライヤー間で、エンジニアリング系大容量データをインターネット上でセキュアに電子配送する標準ソフトウェアとしての画期的な採用であった。

日本経済新聞本紙は〝日立がベンチャーの技術を正式採用〟と大きな扱いで紹介した。

営業現場にも活気が戻ってきて、財津ＣＥＯはＩＴベンチャーの雄としてますます自信を深め、高揚感は並々ならぬものがあった。

北野はヘッドハンティング会社からの紹介で採用された三名の営業マンを統括する立場を与えられ、新たな仕事がスタートした。

4

一年後の平成十五（二〇〇三）年六月上旬、新たにヘッドハンティング会社から紹介された三十五、六歳の三名の営業マンを採用した。その中の藤田秀平《ふじたしゅうへい》という小賢《こざか》し気な男が、財津のお気に入りで、頭角を現すのも早かった。

なんと藤田は「国内通信会社最大手であるＮＴＴとの間で大口の販売契約が成立可能だ」と財津ＣＥＯに報告したのだ。自信たっぷりなもの言いに、財津は欣喜雀躍《きんきじゃくやく》した。

「君はほかの連中とはちょっと違うと、いや相当見込みがあると私は睨《にら》んでいたが、わずか二か月ほどで大ホームランをかっ飛ばしてくれるとはなぁ」

「財津社長の日本刀の素振りを見て、腰が引け、逃げ出したくなったのも事実ですが、やってやろうじゃないかと反発心のほうが勝っていたのは、我ながら褒めてやりたいくらいです」

「契約が成立したら、君を営業部長に抜擢《ばってき》することを約束する。私が構想して発明した〝e-FedEx Project〟（電子物流ビジネス）がもっともっと世界的に評価されて良いはずなんだ。ＮＴＴとの契約成立を契機に、私の方針なりやり方が再評価され、定着することになるな」

藤田はＮＴＴの捺印《なついん》がされた契約書を持ち帰り、財津社長に契約が成立したことを報告した。

さっそく財津と久岡が契約書を持参して、日比谷《ひびや》ダイビル十五階の日興《にっこう》プリンシパル・インベストメンツ株式会社（日興プリンシパル）に駆けつけた。

日興プリンシパルは二〇〇〇年十月にイーパーセルに対して、十億円を投資した大株主である。

日興プリンシパルの平野《ひらの》博文《ひろふみ》社長と城戸《きど》一幸《かずゆき》プリンシパル（上級職）は、イーパーセルへの投資が間違いではなかったと、胸を撫で下ろし、日立グループに次いでの大型の契約成立に歓喜した。

「ＩＴベンチャーの投資案件では最大級です。以心伝心とはこのことで、一週間ほど前から胸の高鳴りがありましてねぇ」

「平野よりも担当の私の方が興奮しています」

「正式発表はいつにしましょうか」

「平野社長、私は一回目の振り込みがあったときがよろしいかと思います」

「なるほど。財津ＣＥＯにお任せします」

「勝利宣言は双方で派手にやりましょう。場所は内幸町《うちさいわいちょう》の日本記者クラブがよろしいかと思います」

二人のやりとりを聞いている城戸と久岡の胸の高鳴りは極限状態に達していた。

一時金五千万円の支払日は九月十日と契約書に明記されていた。

北野のデスクの電話が鳴った。

「北野、すぐ来てくれ」

財津からの呼び出しだった。

「君は仕事をしているのかね」

「もちろんです。仕事をしてない社員も一人や二人はいるかと思いますが、僕はレベル以上と自負しています。なんでしたらＣＥＯを営業現場にお連れしましょう」

「藤田君とは比ぶべくもないんじゃないのかね」

「水を差すのは僕の好むところではありませんが……」

北野は眉《まゆ》に唾《つば》を塗る仕種《しぐさ》をしたかったが、「ものごとは下駄を履くまで分からないとか言いますが……」

「なんだと。焼き餅《もち》を焼くにも限度がある。嫉妬《しっと》したい気持ちは分かるが、藤田と君とでは月とスッポンだな」

「僕には僕のやり方があります。〝電子宅配便〟の実力を発揮できるマーケットで地道に営業を続ければ、結果を出せると思っています」

実は、北野は財津から呼びつけられる前に、小川振一郎運用部長と田窪の三人で話し合っていた。

「ＮＴＴとの契約が成立したとの話、どう思いますか」

「北野さんが疑っているとおり、社長も常務も世間知らずにも程がありますよ」

「田窪さんはあの契約書を偽物と見ているの？」

小川が訊ねた。

「ＮＴＴを退職した私が言うのもなんですが、天下のＮＴＴですよ。一介のセールスマンがたった一人で億単位の契約を取り付けることは絶対にあり得ません。私は偽物だと断定します」

「社長印も社判も不自然には見えなかったが、つまり偽造ということなのか？」

小川は瞼《まぶた》に焼き付いている印影を思い出して、唸《うな》り声を発した。

「藤田は、財津ＣＥＯの異常なまでのプレッシャーに耐えきれずに、こんなことまでしでかしちゃったのか。バレるのは時間の問題なのに、どうするんでしょうかねぇ」

北野は吐息を洩らした。

その時、北野のデスクの電話が鳴ったのだ。

北野はあわてて受話器を取った。

「はい」

「北野、すぐ来てくれ」

ガチャンと電話が切れた。

田窪がニヤッとした。

「どんな顔して何の話をするんでしょうね」

「勝利宣言の話に決まってるし、僕への当てつけだと思う」

と北野は言って、ＣＥＯ室へ向かった。

一週間後の九月十日に、ＮＴＴからの入金はなかった。固唾《かたず》を呑んで夕刻まで朗報を待っていた財津、久岡及び森山の経営陣は慌てて藤田をＣＥＯ室に呼んで、問い質《ただ》した。

しかし、こんなうまい話があろう筈《はず》が無いと見抜いていた北野と田窪は極めて冷静だった。

「起死回生の大ホームランを信じ込んでいたほうがどうかしているんです」

「今夜は遅くまで、ＣＥＯ室は大騒ぎになりますね」

「〝北ちゃん〟って財津社長が擂《す》り寄って来ますよ」

「人間関係が破《は》綻《たん》していて、目も合わせようとしないＣＥＯが〝北ちゃん〟はないですよ。不思議でならないのは元ＮＴＴの田窪さんに、何故確認させなかったのかなぁ」

「彼らは本当に信じていたから、そんな必要は感じていなかったんですよ」

「そうでしょうね」

「人の気持ちやものごとの状況が読めない人ですよね。抜群に優れた能力があるのに、常識では理解できない行動をする。不可解千万です」

「僕は、財津社長は新興宗教の教祖みたいな感じがしてなりません。特に森山さんのまるで家来のようなペコペコぶりは時に笑い出したくなります」

「なるほど教祖か」

小川が呟《つぶや》いた。

「部屋の中で日本刀で素振りする姿を見せ付けられたり、小林さんのように社内電話で呼び出され、五、六時間も雪隠《せっちん》詰めされたりすると、心が折れてしまいます」

「北野さんは軽症で済んで、不幸中の幸いですよ」

北野のデスクの電話が鳴っている。財津からの社内電話に決まっている。

北野は手を挙げて、田窪と小川から離れた。

ここは弁舌さわやかでゆこうと北野は思った。ＣＥＯ室に入るや、

「北野君。藤田部長からは『一週間ぐらい入金が遅れることは、大企業でもままあることです』との釈明を聞いたばかりだけど、君の意見を聞かせて欲しい」

心なしか期待と不安が入り混じった風ではあったが、久しぶりの猫撫で声であった。

さすがに〝北ちゃん〟はなかったが。

「ＮＴＴのどなたかに確認されたのでしょうか。二億円もの案件なのですから、担当役員とまでは申しませんが、担当部長にはお目にかかっていると思いますが……」

「久岡君が確認したと思っていたのだが……」

「契約書は藤田君の報告に沿って、久岡ＣＦＯが作成したものでしょうから、契約条項に関しては相手側の法務部門と厳しい条件交渉があるはずです。契約締結までには通常一、二か月はかかります。ＮＴＴ側と交渉した事実がないのであれば、まったくの嘘っぱちだと思わざるを得ません。契約担当の久岡ＣＦＯの職務怠慢です」

北野は財津の眼を見て話し続けた。

「藤田部長はもう一つ大きな案件があると、話していたが、君はどう思う？」

「作り話に決まっています。あんなヘラヘラした営業マンを信じた財津ＣＥＯも久岡ＣＦＯもどうかしていると言わざるを得ません」

「分かった。田窪を呼んでくれ」

財津は弱々しい声で言った。

「承知しました」

北野がＣＥＯ室のドアを開けると、ガラス窓越しにこっちを気にしている田窪の視線を受けたので、手招きした。

「財津CEOが呼んでます」

田窪はひとつ頷いて部屋を出て、CEO室のドアを開けた。

財津は例の猫撫で声で頼み込むように言った。

「藤田とNTTの関係を確認したい。それとなく、わが社との契約が話題になっているか訊《き》いてくれないか」

「かしこまりました」

田窪は自室に戻るなり、NTTの元同僚にケータイで連絡し、五、六分話しただけで、CEO室に戻った。

「契約先の部署に私の元同僚がおりますので、確認してみましたが、藤田なる人物も当社《うち》との契約がなされたことも知らない、あり得ないとのことでした」

「そうか、分かった。出て行ってくれ」

財津は、田窪が退室した後、直ちに久岡にネットで探偵事務所を検索させ、藤田の行動を大至急精査するよう依頼した。ベテランの探偵は、数日後に藤田が神田神保《じんぼう》町《ちょう》のはんこ屋に入ったのを確認して、証拠写真を撮った。

藤田が『もう一つ大きな案件』と話していた某大企業との嘘の注文書に捺印する印鑑を作製するために、はんこ屋に出向いていたのだった。

藤田は即日、懲戒解雇された。

翌日、財津は久岡に命じて、事の顛末《てんまつ》を日興プリンシパルに報告させた。

次の日の夕刻、財津は社内電話で北野を呼びつけて、「北野君、この辺で軽い夕食に付き合ってくれ」と言った。

「申し訳ありませんが、先約がありますので、お断りします」

「会社の一大事だ。大切な用件があるから、先約を断ってくれ」

北野は五秒ほど横を向いていたが、「分かりました」と応《こた》えた。先約の相手は学生時代の同期たちだから、何のことはない。

神田神保町の居酒屋のテーブルで、北野と財津が対峙《たいじ》したのは、午後六時過ぎだ。

生ビールの中ジョッキが運ばれてきた。

「乾杯！」

「どうも」

ジョッキをぶつけられそうになって、北野はすぐにぐっとビールを飲んだ。

「藤田なんていう大ボラ吹きの営業マンが存在するとは夢にも思わなかった」

「田窪さんと僕は初めから見破っていました」

皮肉も極まりだが、財津は顔色を変えず、平然としていた。

「そうだな。見抜いていた君たちを褒めるしかないな。私がパートナーもあり得る存在だと、ひと頃見込んだだけのことはあるよ」

「僕はあなたに振り回されっ放しでした。イーパーセルを辞めなかったのが不思議でなりません」

「北ちゃんに辞められたら、イーパーセルの明日はないな」

「何をおっしゃいますか。口を利いてもらえないどころか、あなたは出て行けがしの態度をとっていたのですよ」

「それは別件でいらいらしていたからなんだ。北ちゃん無くしてイーパーセルは立ちゆかないよ」

しゃあしゃあと言ってのける財津に、胸の中が波打っていた北野は、右手を強く握り締めた。

「北ちゃん、君は、〝電子宅配便〟を売りまくって、日本のラリー・エリソンになれ。君ならその可能性は十二分にあるよ」

ラリー・エリソンは、オラクル共同創業者の一人で、一時期世界一の富豪にもなった有名人だ。

要は、給料を支払えないので、フルコミッションでセールスをしてくれということなのだ。

北野は思わず、右手の拳骨《げんこつ》を突き出していた。もうこれ以上、財津ＣＥＯの身勝手な思いつき話に翻弄《ほんろう》されるのは終わりにしようと決心し、初めて敵意剝《む》き出しの言葉を発した。

「人にものを頼むときに、もう少しマシな言い方はないんですか。私にも愛する家族と守るべきものがありますので、そのような提案は受け入れられません。はっきりお断りします」

初対面の頃に地下鉄虎ノ《とらの》門《もん》駅の構内で二時間も立ち話した往時を想い出して一瞬粛然となった。

「僕は、僕が信じるやり方で地道な営業をやり抜くつもりです。必ず成果を出して、僕が考える〝電子宅配便構想〟が正しいことを証明してみせます。それを許さないというのなら、今この場でクビを言い渡してくださって結構です」

「北ちゃん、今夜はやけに挑戦的だねぇ」

「これまでＣＥＯに鍛えられてきましたので」

「そうだなぁ。私は君をどれ程鍛えたか、分からないね」

アイロニーもへったくれも無い。感性、感受性は限りなくゼロに近い人だと思わざるを得なかった。

翌日、財津は大株主の日興プリンシパルへの説明も無いまま逃げるように渡米した。

5

北野は二十八歳で〝ジョージ・コーポレーション〟を立ち上げ、苦労の甲斐《かい》あって、家族も十分に幸せな暮らしをしていたのに、それを捨てて、ＩＴベンチャーが開発した技術と事業コンセプトに魅了され、新たな夢に挑戦した。

イーパーセルの〝電子宅配便〟は、時代の最先端をゆく世界初のビジネスモデルで、北野の役割は日本での事業を成功させることだった。それなのに、なぜ三年もの間無意味な苦労をしているのか、悔《くや》しくてならなかった。

北野は、この悔しさをバネにしてイーパーセルを立て直さなければ男が廃る、と心に誓った。

九月下旬の某日夕刻、ノックの音と同時にドアが開き、小川振一郎運用部長が北野の部屋に現れた。少し興奮している様子だった。「小川さん、どうされたんですか」と言いながら、北野は起立して小川を迎えた。

「久岡からしばらくの間は給料を五十パーセントカットさせて欲しいと話があったんですが、きっぱり断りましたよ。もし、カットするなら、あなた個人の責任と負担で減額分を支払えと言って、その場で念書を取り付けたんですが、冷静に考えたら退職金どころか給料すらまともに支払えない会社に未練はないので、さっさと辞めることにしましたよ。一緒に汗をかいた北野さんには挨拶をしておこうと思って、報告に来ました」

「そうですか。すごく残念です。実は僕には財津ＣＥＯが似たような話を持ってきたことがあります。渡米の前日に居酒屋に呼び付けられて、報酬体系をフルコミッションセールスに変えて稼いだらどうだという身勝手な提案だったんです。もちろんその場ではっきり断りましたよ。これから小川さんはどうされるんですか」

「金融機関向けのソフトウェア開発会社でも起業しますよ。面白いアイディアがあるので。北野さんはどうされるんですか」

「目下、思案中です」

「こんな訳の分からん会社でもまだ未練があるんですか。北野さんは辛抱強いなぁ。まぁ、また、一杯やりましょう」

　小川は右手を挙げて退室した。

　北野は小川の背中に深々とお辞儀をした。

　約半年前に、河田竜弥が退職し、同じ頃三人の秘書たちも辞めていた。

約一か月後の十月下旬のある日、午前九時過ぎに北野はがらんとしたオフィスを一巡してから、田窪の部屋に入った。

「おはようございます」

「おはようございます」

「田窪さんの声が元気なのが嬉しいです」

「運用部は小川さんが辞めてしまったので、私が運用部の仕事を引き継ぎました。技術部門は渋川君と二人になりましたが、営業も北野さん一人きりになってしまいましたね」

「一人でも全国を飛び回って〝電子宅配便〟を売りまくりますよ。田窪さんからレクチャーを受けたお陰で、わが社の技術の素晴らしさを再認識できました」

北野は田窪と二人で時間をかけて、イーパーセルの技術やインターネットの発展の方向性など徹底的に議論を重ねて、ビジョンを熟成させ、イーパーセルが果たすべきミッションを再定義したのだ。

イーパーセルの〝電子宅配便〟は、インターネットを使った電子配送のプラットフォームとしての利用価値が高く、あらゆる産業の様々な社内システムとの連携がいとも簡単に実現できる特性を持っていた。しかし、たった一人での営業活動なので、自動車産業を中心とした製造業に的を絞ることにした。

この頃から北野は猛烈に仕事に取り組み出した。名刺の肩書きは第一営業本部長であるが、実態は営業部員一人きりのセールスマンである。

北野は終日自室に閉じこもって、セールストークの推敲《すいこう》を重ねた。そして〝会社四季報〟を頼りに製造会社や設計会社などの代表番号に電話をかけまくったのだ。電話をかける回数が増えるとともに、セールストークも洗練されていった。

「イーパーセルの北野譲治と申します。当社は、三次元ＣＡＤ（キャド＝コンピュータ支援設計）や新車のデザインなど大容量のデータを、通信回線事情が悪い海外の拠点にインターネット経由で、安全で確実に配送する技術を持っています。御社はこのような業務でお困りではありませんか」

こんな内容の電話をいきなり受けた担当者はほぼ百パーセントの確率で「そうなんです。なにか良い方法があるんですか」と、訊き返してくる。

左手で受話器を握っている北野は思わず右手で膝《ひざ》を叩く。してやったりもいいところだ。

「あるんです。わが社だけが持っています。通信回線事情が劣悪で不安定な海外の地域ほど、実力を発揮します。日立製作所さんにも全社的に採用いただいています。是非一度ご紹介するチャンスをお与えください」

「ありがたい。願ってもないことです」

即座にアポイントメントが取れるケースが圧倒的に多かった。

アポが成立する確率は、保険ディーラー時代の飛び込み営業とは比べるべくもないほど高く、ユーザーのお役に立てているという実感はこの上ない満足感があった。

北野の営業活動は、一週間の内、二日は自室から電話をかけまくってアポを取り、残りの数日がセールスである。東京近郊が中心になるのは仕方がないが、北野は二台のノートパソコンを入れた重いリュックを背負って日本全国を飛び回って、〝電子宅配便〟を紹介した。その場で契約を取り付けたことも多々あった。

6

スーツのズボンのポケットでケータイが鳴っている。北野は見知らぬ番号の着信に眉をひそめながら、左耳に当てた。平成十六（二〇〇四）年四月上旬の某日午前十時過ぎのことだ。

「はい。北野ですが」

「日興プリンシパルの城戸と申します。北野さんにはイーパーセルに入社なさった直後、当社にご挨拶にいらっしゃった折に一度お目にかかっています」

「はい。もちろん存じております」

「急ですが、本日二時にお目にかかりたいと社長の平野が申しております。いかがでしょうか。久岡ＣＦＯには内密に願います。それから田窪さんとご一緒にいらしてくださいませんか」

城戸は、北野より二、三歳下の四十歳位と思えた。長身でキリッとしていて、言葉遣いもしっかりしていた。

『久岡ＣＦＯには内密』とは、よくよくの事情があるに相違なかった。

北野は急いで田窪の部屋に出向いて相談した。

「日興プリンシパルの城戸さんから電話があって、平野社長が久岡ＣＦＯには内密に田窪さんと私に会いたいとのことです。余程何かあるんでしょうか。田窪さんに思い当たることは無いですか」

「ある訳無いですよ」

「不可解ですよねぇ。経営陣からは、日興プリンシパルとの接触はまかりならぬと厳命されている……」

「だから内密なんでしょう。それにしても技術担当の私までとは、何だか妙な気分です」

「それはお互いさまです。当たって砕けろと言いますが、今から開き直る訳にもゆきません。出たとこ勝負ですね」

「同感です。ただ、財津社長が雲隠れしたことと無縁とは考えられない」

「ただならぬ何かがあって、われわれ二人を呼びつけようっていうことなんですね」

「イーパーセルがこんな状態だと、十億円を投資した株主としては黙ってはいられないということでしょう」

田窪が笑いながら言ったので、北野はほんの少し気が楽になった。


日比谷ダイビル十五階の日興プリンシパル役員応接室で四人が挨拶を交わして、ソファーに腰を下ろすなり、平野が質問した。

「この半年ほど小規模ながらも着実に実績を挙げて、結果を出していますねぇ。社員が続けて辞めているのに、どうしてなのかなぁと不思議に思っているのです。北野さんがお一人で営業しておられるのですか」

「イーパーセルの技術力、製品力について田窪からレクチャーを受けながら、お客様への提案内容をあらためました。つまり大企業にシステムごと一括販売するというこれまでのやり方から、海外の辺境地域に事業展開している自動車メーカーや機械メーカー及びそれらのサプライヤーに販売先を絞って、ＡＳＰ（アプリケーション・サービス・プロバイダー）型のサービスをコツコツ販売するスタイルに変えました。現場の担当者の声を聞くという地道な営業が功を奏したとしか申し上げようがありません。

田窪と二人三脚で営業しているとお考えくださって結構です」

「いえ。私は多少のアドバイスはいたしますが、北野一人で広範囲にセールスしているのが現実です」

「経営陣との関係はどうなっているんですか」

「無関係と言えば語弊がありますが、われわれ二人は彼らと話をしたり議論することもありません。ですから経営陣が何を考えているのかもさっぱり分からないというのが本当のところで、お恥ずかしい限りとしか申しようがありません」

平野と城戸の質問が、矢継ぎ早なので、耳を傾ける方も聞き洩らすまいと緊張せざるを得なかった。

○どういう体制で働いているのか？

○経営陣に嫌気がさして皆が退職する中、何故あなたがたは辞めずに辛抱強く頑張っているのか？

○製品を販売するためのシステムは米国本社の下で管理されているが、日本で販売するのに不安はないか？

北野と田窪はこれらの質問に的確に答えた。

北野が質問した。

「わが社は、日興プリンシパルさんから十数億円の投資を受けていて、キャッシュ・

リッチなはずですが、われわれの給与は凍結されています。税金や社会保険料の督促状も届いています。わが社の財務状況はどうなっているのでしょうか」

「投資した直後から、米国社側での新製品開発費の名目で月額約一億円を貸し付けという形で送金していました。当社が投資した十億円はすでに残っていません。さらに他のベンチャーキャピタルからの投資資金も全て使い切っている状況です。現在はサーバーの使用料として月額一千五百万円を支払っています」

さらに平野はイーパーセルに投資した経緯を説明し始めた。

7

平成十二（二〇〇〇）年八月下旬の某日午後、日興プリンシパルの平野社長は城戸を伴って、赤坂プリンスホテルにイーパーセルＣＥＯの財津正明と森山和彦ＣＯＯ及び久岡陽一ＣＦＯの三人を訪ねた。

前年の平成十一年は日本でもＩＴ関連のベンチャー企業が乱立し、アメリカと同様にＩＴバブルが起きていた。しかし、平成十二年三月に光通信の不正発覚がきっかけとなり、同社の株価は二十日間連続でストップ安を記録した。他のＩＴ関連銘柄も値下げし、日本のネットバブルは崩壊した。

八月に入った頃にはＩＴバブル騒動は一段落し、平静さを取り戻しつつあった。それだけに投資先として、優良なＩＴベンチャーの物色に投資家たちは血眼になっていたと言える。日興プリンシパルも然《しか》りだ。

平野は慶應義塾大学時代に体育会のフェンシング部の主将を務め、同年同期の財津は剣道部の副主将の経験があるほどの腕前で聞こえていた。

「あなたはＭＩＴスローン経営大学院でＭＢＡを取得されたのですよね。私はシカゴ大学ブース・ビジネススクールですが、アメリカに留学してＭＢＡを取得した時期も重なります。ボストンですでにイーパーセルを立ち上げ大成功しているのですから、日本でも成功すること請け合いですね」

　ＩＴバブルで有象無象のベンチャーが乱立する中、本物の技術に裏打ちされたイーパーセルの技術と事業コンセプトにシンパシーを感じるのはけだし当然と言えた。

「平野社長と城戸プリンシパルが担当ということでしたら、是非ともお二人でボストンにお出《い》でくださいませんか。久岡も東京とボストンを行ったり来たりしていますので、二人で歓待いたしますよ」

「それはありがたい。百聞は一見にしかずですから」

平野が城戸に目をやると、城戸は深々と頷いた。

「善は急げです。九月上旬はいかがですか。ボストンの本社をご案内しましょう」

「渡りに船ですね。日程調整を急ぎなさい」

「はい」

城戸の返事を待っていたように久岡が口を挟んだ。

「イーパーセル日本法人では、CFOの私が城戸さんとの連絡を密にいたしたいと存じます」

「森山、なにか意見はないのか」

「いいえ。ございません」

「黙ってないで、なにか言いたまえ」

「恐れ入ります」

平野と城戸の眼には異様と映るほど、森山は財津に終始ペコペコしていた。森山は三菱電機のエリート集団では財津の二年先輩だったのにである。

平野と城戸が渡米したのは、九月中旬のことだ。

赤坂プリンスホテルのスイートルームでの財津正明の説得力ある説明は、さすがと唸らされるものがあり、しかも投資案件の有望性、有力性は確信できた。

さらに、当該技術については、NECと富士通《ふじつう》が評価しており、城戸はそれぞれの担当者とも面会し、投資対象として折り紙付きと判断した。

ＩＴバブルははじけたとの見方が定着したかに思える。降って湧いたような投資案件と言いたくはないが、リスクは極めて少ない。

「念のため、ボストン本社の現況を把握しておく必要があるからなぁ。時価総額九十六億円の約十パーセント、十億円もの投資先だからね」

「おっしゃる通りです。是非お伴させてください」

「君が担当なんだ。私はカバン持ちのつもりだよ」

冗談が出るほど平野は、嬉々《きき》としていた。城戸もワクワクして、身内が熱くなっていた。

イーパーセル本社はボストンのメイン通りとはいかないまでも、十階建てビル内にあった。

応接室の絵画や日本刀などの置物も豪勢だった。

会議が始まったのは午後四時頃。イーパーセル側の出席者は財津ＣＥＯ、久岡ＣＦＯと米国本社社長室長のトミー氏の三人だった。

「慶應時代の平野社長の勇姿は覚えていますよ。ほれぼれしたものです」

「なにをおっしゃいますか。財津ＣＥＯの剣道着姿は颯爽《さつそう》たるものでした」

城戸はこれで三度目だと思いながらも、体育会系の誼《よしみ》の根強さに合点し、笑顔で小さく頷いたが、トミーの緊張ぶりが気になってならなかった。

「トミーはもう帰宅してよろしい。ご苦労だった」

日系人のトミーは「お先に失礼させていただきます」と流暢《りゅうちょう》な日本語で挨拶して、引き取った。

「あれでも出来る方なんです」

「財津CEOの物差しで測られたら敵《かな》いませんよ」

「それはお互いさまじゃないですか」

「私が発言を促したのに、トミーは沈黙したままですからね。その点、城戸さんはしっかり発言もされておられる。平野社長の薫陶よろしきを得て、を付け加えさせていただきましょうか」

城戸は財津の凝視を避けるために横を向いた。

「ところで、システムを見学させていただきたいのですが……」

「どうぞ。ご案内しましょう。ところがこれは本物のシステムではありません。本物はセキュリティーのしっかりした安全な場所に置いてあるんです。形はまったく同じですが検証用のレプリカです」

「イーパーセル日本法人への投資案件でいろんな方々が関心を寄せてくださっていますが、ボストンまでお越しくださったのは、日興プリンシパルさんだけです。平野社長との誼もありますので、是非ともという気持ちで一杯です」

「わざわざボストンまで来たんですよ。手ぶらで帰国する訳にもいかんでしょう」

「ありがとうございます」

久岡は直立不動の姿勢で大きく頭を下げた。

「最敬礼ですか。恐縮です。リターンを大いに期待していますよ」

平野はちょっと手を挙げただけだった。

城戸が話を蒸し返した。

「現在は東邦商工さんが日本での総販売代理店ですが、われわれが投資をして新会社をつくるとなると、商流としては新会社が上位に位置することになります。くどいようですが、東邦商工さんへのコンタクトを頑《かたく》なに拒まれている財津社長のお考えを、もう一度お尋ねしてよろしいですか」

「東邦商工は私にお任せください。話がこじれたり、ややこしくなるのも心配なので、私にお任せ願います。東邦商工は私の言いなりですから」

久岡がフォローした。

「私でさえ同席を遠慮しております」

平野と城戸は何度も顔を見合わせるしかなかった。

突然、財津がケータイを操作した。

「トミーか。腹が減った。ドーナツを持ってきてくれ。もちろん今すぐだ！」

怒鳴りつけているとしか思えない。

城戸が時計に眼を落とすと、午後十時十分過ぎだった。

ドーナツが届いたのは三十分後だった。

「遅くなって申し訳ございません」

トミーの声は息切れしていて聞き取りにくかった。

「ご苦労さまです」と言ったのは城戸一人だった。

8

平成十六年六月中旬、日興プリンシパルの城戸から北野のケータイに電話が入った。

「一度ゆっくり四人で話をしたいので、北野さんと田窪さんのお時間をいただきたいのですが。夜の会食にいたしたいのでよろしくお願いします」


会食の当日、北野と田窪は内幸町の高級和食店に招かれた。

ビールで乾杯した後、表情を引き締めて本題に入ったのは平野だった。

「当社と当社グループが二〇〇〇年にイーパーセルに投資した金額は十二億八千万円ですが、財津氏は全額を米国本社に貸し付けという形で送金していました。米国での開発費という報告を受けていますので、おそらく製品開発のために雇った技術者の人件費に使われたのでしょうが、実態は分からなかった。われわれは日本のイーパーセルに投資したのであって、米国本社を助けるつもりはなかった」

　平野がビールを一口飲んで続けた。

「二〇〇一年十一月、イーパーセルと米国との資本関係を完全に解消させ、財津氏が保有する全ての株式をわれわれ日興プリンシパルが買い取りました。特許権やソフトウェア著作権などの価値評価をスタンダード・アンド・プアーズに依頼したところ、四億円と査定されたのです。貸付金の十億円から相殺することにし、全ての知的財産権、株式を日興プリンシパルが保有しました。すなわち二年半前からイーパーセルはわが社の傘下にあります」

　部屋の空気が張り詰め、北野も田窪も顔面が蒼白《そうはく》になっていた。

　北野は身内がガタガタ震えるほどの衝撃を受けていた。

「えっ。信じられません」

　声がうわずるどころか裏返っていた。

「これまでずいぶん財津ＣＥＯに怒鳴られたり、作り笑いで褒められたりしましたが、彼はオーナー社長ではなくて、ただの傀儡《かいらい》だったのですか」

「北野さんも田窪さんも、その事実を一切知らされていなかったのですね」

城戸の声が冷静なのは、投資企業先には儲《もう》けも損もあるものだと悟っているからだろうと思い、北野は少し落ち着いた。

城戸が平野の横顔を見ながら話した。

「ITバブルが弾けた後、われわれベンチャーキャピタルは、本物の技術を持ったベンチャーを探し始めていたんです。ちょうどその頃に出会ったのが、財津氏だったんです。財津氏のあの押し出しの良さと迫力のあるプレゼンテーションを聞いた途端、〝これだ。やっと出会えた〟と興奮しましたよ。確かに技術は本物でしたが、彼は市場規模を見誤った。われわれも一杯くわされた立場です。今ごろ、後悔しても詮方《せんかた》ないですが、投資する際に人を取るか技術を取るかがキーになります。すなわち企業買収の場合は〝事業や技術〟に投資しますが、ベンチャーの場合は〝人〟に投資するのが原則です。当初から財津氏の人間性に疑問を感じてはいたのですが、技術の素晴らしさに投資するのを決めました」

「なるほど。そうだったんですか」

北野は深く頷いた。

さらに城戸が続けた。

「また、当社は財津氏に中期の事業計画書を提出させました。達成できた場合は、財津氏個人の持ち分が全発行株式の五十一パーセントになるように、日興プリンシパルが保有しているイーパーセル株式を戻すという契約まで結んだのですが、達成されないどころか、昨年アメリカに行ったまま戻って来ないではないですか」

　これこそが、営業マンに対する強烈なプレッシャーの原因だったのかと納得し、北野は呟くように返した。

「わが社の現状を考えれば、さすがに日本に戻って来てお二人に顔を合わせる勇気はないのでしょう」

「そうかも知れない」

　平野も小声で言い、グラスを呷《あお》った。

　座が湿っぽくなるのは仕方ないと四人とも思わざるを得なかった。

「北野さんと田窪さんにはもう一踏ん張りしてもらって、何とか事業を成功させてください」

　平野が無理に笑顔を作って、しめくくった。

第六章　再生への永い途《みち》

1

日興プリンシパルの平野博文社長と城戸一幸プリンシパル（上級職）との会食後、二週間程経《た》った平成十六（二〇〇四）年六月末、北野譲治と田窪徹は再度、日比谷ダイビル十五階の日興プリンシパルの城戸を訪問した。

挨拶《あいさつ》もそこそこに北野が本題に入った。

「われわれ二人は今後もイーパーセルで仕事に励みます。途中で仕事を放り出して大切なお客様にご迷惑をお掛けすることはできません。今後は一層ユーザーのニーズを汲《く》み取った製品に磨き上げていく必要があると考えています。ですからわれわれはマーケットと向き合って行きますので、経営陣は御社から出してください」

田窪が深く頷《うなず》くのを確かめてから、北野は再び城戸をまっすぐ見すえた。

「お気持ちは分かりますが、当社はあくまでもベンチャーキャピタルとしてイーパーセルの株式を保有しているに過ぎません。投資会社が投資先の経営をするなどあってはならないことですし、そもそも社内にそんな機能もありません。イーパーセルを再生する能力をお持ちなのは、北野さんと田窪さんしかおられないと、われわれは確信しています」

北野も田窪も首を左右に振った。

「城戸さん。買いかぶるにも程があります」

「謙遜《けんそん》するにも程があると言い返させてください。北野さんは二十代で創業したジョージ・コーポレーションを見事に仕切ったことをお忘れになったのですか」

北野は苦笑した。皮肉を込めたつもりだ。

「ご存じのとおりイーパーセルは世界初のコンセプトを事業化した会社です。御社もその成功に大きな夢を託して投資されたんですよね。保険ディーラーの成功は販売実績がすべてですが、イーパーセルの事業は、ファイナンス、テクノロジー、セールス、ブランディング、マーケティング等々やることが多過ぎて僕の能力の限界を超えています」

北野は数秒間頭を下げていた。

「この場で結論を出すことはできませんね。お互いに時間を置くというところでしょうか」

城戸が笑顔を見せて、腰をあげた。

お互いが合意したことは、現在の営業活動を続けることの一点であった。城戸とは友好的に話し合い、互いに理解を深めることができて極めて重要な時間でもあった。

九月下旬の某日、日興プリンシパル側の法律事務所から創業者ＣＥＯの財津正明に宛てた内容証明郵便がイーパーセルのオフィスに配達された。

女性事務員から郵便物を受け取った久岡陽一常務は、血相を変えて森山和彦監査役の部屋に飛び込み、かすれ声を押し出して話しかけると、すぐに二人は社長室の重いドアを開けて中に入った。社長室の鍵《かぎ》は久岡が保管していた。

二人は終日、社長室に閉じこもっていた。

むろん北野と田窪は蚊帳《かや》の外である。

警告書は弁護士六名の連名によるものだった。その内容は以下であった。

一、代表取締役社長を辞任すること

二、イーパーセルからの米国本社への貸付金を返済すること

三、イーパーセルからの創業者ＣＥＯ個人に対する立替金を返済すること

四、米国本社が運用するサーバーを速やかに且つ協力的にイーパーセルに移転すること

社長室ではボストンの財津CEOと久岡、森山の三人でのビデオ会議が延々と続いていた。パソコンの画面に映る財津の顔色は冴《さ》えず、時に口ごもったり、応答がよどんだり、固唾《かたず》を呑《の》んだりで、空白時間が多くなるのはやむを得なかった。

北野は田窪の部屋に出向いて、法律事務所から財津社長宛てに内容証明郵便が届いたと、女性事務員から耳打ちされたことを話した。

「察するに株主と経営者の対立が切迫したっていうことなんですかね」

「だとすれば、われわれ二人は株主側と見なされて、ますます敵視される訳ですね」

「このような形で資本と経営が敵対してしまうと、イーパーセルの将来は望めないですね。しかも、この最悪の事態になってもわれわれを蚊帳の外において、密室で事を決めようとしているんだから、もう手の打ちようがありませんね。入社以来、〝電子宅配便〟を成功させるために頑張ってきたのに、残念でならない！」

「北野さん、最悪の事態に直面したからと言って、まさか、イーパーセルを辞めようっていう腹積もりじゃないですよね。それだけは思い留《とど》まってもらわないといけません。われわれはイーパーセルの事業に携わった以上、私は技術者として、北野さんは経営者として、世界初の事業の成功を見届ける責任があると思いますよ」

「それにしても田窪さんは凄《すご》い人ですねぇ。この事態に直面しながら、いつもと変わらない冷静な判断ができるんですから。大したものです」

十月上旬の某日、久岡常務と森山監査役は早朝からＣＥＯ室に閉じこもっていた。正午前に北野が久岡から呼びつけられた。

久岡が咳払《せきばら》いをしてから、話し始めた。

「創業者ＣＥＯの財津正明がイーパーセルの社長を辞任することが決定しました。今後は森山監査役が社長に就任することになります。本日夕刻、日興プリンシパルにその旨を報告します。財津ＣＥＯは会長か名誉顧問として経営全体を見ることになりますが、実質的には森山社長が経営を執行することになります。私は常務取締役を辞し、ヒラの取締役として財務・経理を担当することになります。北野さんはこれまでどおり営業部長として営業に専念してください。それから……」

森山が強引に話を引き取った。

「久岡君。私が話をするから、君はもうよろしい。この数か月の間にいろいろあったが、これからは私が社長としてイーパーセルの経営に当たります。久岡君にはこれまでどおり財務・経理を担当してもらいますが、北野君は営業部長として腕をふるってもらいたい。北野君の仕事ぶりについては創業者も評価していますので、思う存分やってくださるのがいいでしょう」

北野は黙って聞いているだけで、ひと言も発しなかった。

森山がボストンとのビデオ会議で財津から社長就任の御墨付きをもらった途端に、久岡と北野をクンづけで呼んだことが、北野には片腹痛いとしか思えず、下を向いて薄く笑っていた。ま、お手並み拝見といくしかないが、〝森山社長〟が実現するようであれば、イーパーセルは本当に終わりだなと表情を引き締め、睨《にら》み付けるように森山を鋭くとらえた。

「僕の地道な営業活動は評価されているようですので、引き続き頑張ります。ただし、僕が信じる方法でやりたいようにやらせてもらいます」

北野は起立して、小さく頭を下げて退室した。

森山に社長業が務まるとは到底考えられない。まったくふざけた人たちだ――。

北野はこの日は終日、自室での電話による営業活動に専念していた。

午後四時半にオフィスを出て行った森山と久岡が帰社したのは午後六時だった。

北野に社長室に来てもらえないかと、社内電話をかけてきたのは久岡だった。

社長室では、森山と久岡が北野を待っていた。二人共スーツ姿のままで、疲れ切った表情だった。

「森山社長だと。あんたたち何を考えているんだ！」

日興プリンシパルの城戸から怒鳴られたのだから、二人がしょげかえるのも仕方ない。

日興プリンシパル側は吉田《よしだ》大助《だいすけ》取締役も同席していた。〝森山社長案〟に激怒、怒り心頭に発するとはこのことだ。

「北野さんしかいないでしょう。それを待っていたのに無神経にもほどがあります」

そこまで罵詈《ばり》雑言《ぞうごん》を浴びたのだ。その場から逃げ出したい心境になっても不思議ではなかった。

重い口調で久岡が切り出した。

「イーパーセルから推《お》せる社長は北野さんしかいません、と言われました。拒否するのなら、警告書通りに行動するまで、と通告されたので、否《いや》も応もありません」

久岡も森山も急に黙り込んだ。二人とも思いは同じだった。

久岡は城戸から「イーパーセルを取るか、財津を取るか」と訊《き》かれた時に「財津です」と答えたのだ。

「技術が本物であることは順調な売上げの伸びを見れば分かるが、経営者としては失格と言わざるを得ない。だからこそアメリカへ逃亡したんじゃないのですか」

「あんたたち、イーパーセルの負債がどれくらいあるのか分かってるんでしょう」

城戸と吉田にたたみかけられても下を向いているしかなかったのが久岡と森山だった。

城戸が少し声量を抑えて言った。

「イーパーセルを再建できる人がいるとすれば北野さんしかいないと考えています。お二人が北野さんを社長に推すのなら、われわれは社内を説得します。あなたがたが説得できなければ、警告書通りに次のステップに移らざるを得ません」

「分かりました」

久岡は小さな声を絞り出した。

「はい」

森山は頭《こうべ》を垂れた。

森山が土下座せんばかりに、北野に向かって低頭した。

「北野さん。お願いします。イーパーセルの社長になって財津ＣＥＯを助けてください」

「私からもお願いします。どうか、助けてください」

「この期に及んでもまだ、助ける相手はイーパーセルじゃなくて、財津ＣＥＯなんですか。お二人とも、どうかしているんじゃないですか。いったい今まで何を目標に仕事をしてきたんですか」

北野はそう言いながらも、内幸町の高級和食店での会食で、平野社長に示唆されたことが頭の中をよぎった。

「冷静に考える時間が必要ですので、この場での回答は留保させてください」

「日興プリンシパルが、北野社長しかないと断言しているのです。私が社長になりたいと言ったことを恥じ入っています」

森山が呟《つぶや》くように言った。

北野は、たった一通の警告書が事態を一気に正常化に向けて動き出させたのかと驚くと同時に、日興プリンシパルならではの機敏で鮮やかな一手だと感心もした。

2

その夜、北野は妻の優子と遅くまで話した。

「私はイーパーセルの社長を引き受けるべきだと思うわ。今あなたが社長を受けないと会社が潰《つぶ》れるんじゃないの。これまで苦労した四年間を無駄にして欲しくないし、断ったら後悔すると思うよ」

「それは分かっているよ。ただ、……」

と北野が言いかけたところで、優子が続けた。

「あなたはいろんな方からの励ましを受けてイーパーセルで仕事をするようになった訳でしょう。それ以来、どれだけの人にお世話になったり心配をかけたと思っているの？」

「……………」

「今の仕事をやり切って、支援してくださったみなさんに恩返しをするべきじゃないかしら。悩んでいる時間があったら四元先生から頂いたあなたの宝物とにらめっこしてみたら？」

北野は四元と初めて面会したあの夏の日のことを思い出しながら、手垢で汚れた『常思親』を手に取ってページをめくった。何度も読み返すうちに、『巻頭言』で手が止まった。

そこには〝幾度か辛酸を経て志始めて固しとは、辛酸の真只中にこそ、不屈の志が光を放つのである〟との教えがあった。

「とにかく私の考えは伝えましたからね。私たち家族のことは心配ありませんから。あなたの決断を尊重します」

「ありがとう。不名誉な人生を送らなくて済みそうだ」

長い夫婦生活で、優子が北野の仕事にこれほどまでに意見したのは初めてのことだった。それだけに、この四年間、優子にかけた苦労の大きさを痛感し、自然と頭が下がった。

翌日の午後六時過ぎに、北野は田窪に相談した。田窪の考えは明快だった。

「北野さん。以前にも言いましたが、二人が力を合わせれば、必ず成功できます。イーパーセルから逃げられないのがわれわれの宿命なんです」

北野はこのひと言でより決心を固めた。

夜遅い時間に、北野は優子に決意表明した。

「決断したのね」

優子はにこっとすると、「おやすみなさい」と言いながらリビングルームを後にした。

北野は水割りウィスキーのグラスをぐっと呷《あお》った。

大好きな宮沢賢治の「雨ニモマケズ」を口ずさんでいた。

雨ニモマケズ
風ニモマケズ
雪ニモ夏ノ暑サニモマケヌ
丈夫ナカラダヲモチ
慾《よく》ハナク
決シテ瞋《いか》ラズ

イツモシヅカニワラッテヰル
一日ニ玄米四合ト
味噌《みそ》ト少シノ野菜ヲタベ
アラユルコトヲ
ジブンヲカンジョウニ入レズニ
ヨクミキキシワカリ
ソシテワスレズ
野原ノ松ノ林ノ蔭《かげ》ノ
小サナ萱《かや》ブキノ小屋ニヰテ
東ニ病気ノコドモアレバ
行ッテ看病シテヤリ
西ニツカレタ母アレバ
行ッテソノ稲ノ束ヲ負ヒ
南ニ死ニサウナ人アレバ
行ッテコハガラナクテモイヽトイヒ
北ニケンクヮヤソショウガアレバ
ツマラナイカラヤメロトイヒ

ヒデリノトキハナミダヲナガシ
サムサノナツハオロオロアルキ
ミンナニデクノボートヨバレ
ホメラレモセズ
クニモサレズ
サウイフモノニ
ワタシハナリタイ

先《ま》ずは河田への謝罪と報告である。

「北野君。面白くなってきたじゃないか。きみが社長をやるなら、イーパーセルの再建に俺も一役買わせてもらっていいかな」

北野は池内潤二にも連絡した。北野の行く末について何かと気遣ってくれていることが分かっていたからだ。

例によって深夜、六本木の花屋の店先での立ち話だった。

「ジュンちゃん。そんな訳でイーパーセルに骨を埋《うず》める覚悟です」

「俺は最初からそう思っていたし、言ってもいたぞ。ジョージが花屋をやりたいとか言い出した時に、反対したのを忘れた訳じゃないだろうな」

「そうでした。でも花屋に、いやジュンちゃんに憧《あこが》れていたことは確かです」

「俺と張り合うじゃなくて、憧れてたという言い方はジョージらしくていいな。優子さんはどうなんだ？」

「なんと社長の引き受けを断ったら後悔するわよって言われました」

「近日中に久方ぶりに両夫婦で飯を食おうや」

「優子が喜びます」

「康子も喜ぶに決まってる。ジョージの社長就任祝いと行こう。村本建設の社長さんにも挨拶したほうがいいな」

「もちろんです。本気で村本建設で仕事してくれって誘ってくれた恩人です。僕も気持ちが揺れました」

「花屋よりマシなことは確かだな」

「そんなことはありません。両方とも憧れの職場です。ジュンちゃんと村本社長は、いついかなる時でも僕の味方でした」

「河田さんの恩義も忘れたらあかん」

「言わずもがなです。とっくにお会いして最敬礼してきました」

「うん。そうかそうか」

池内は微笑みながら、右手で北野の肩を抱えるような仕種をした。

「イーパーセルは大変なんだろう」

「酷《ひど》いことになっています。数か月前からオフィスの家賃が支払えなくなっていたので、麻布《あざぶ》台《だい》に引っ越すことにしました。僕の判断で、百坪のスペースを半分の五十坪に縮小しました。日比谷線の神谷町《かみやちょう》駅から五分ほどの所です」

「入るを量りて出《い》ずるを為《な》すのは商売の基本だ。ジョージは分かっているよな」

「ジュンちゃんから色々と学んでます」

「それもお世辞じゃないよな」

「もちろんです」

「ジョージが社長になるのはいつなんだ？」

「臨時株主総会を十一月末に開催しますので、株主からの承認が得られれば、直後に取締役会を開いて、その場で決議されます。そうなれば、山積している難題を解決して行く毎日がスタートすることになります」

「例えばどんなこと？」

「まずは資本です。待ったなしの借金の返済が社長としての最初の大仕事です。そのあとの一大事業は、アメリカからの技術移転を無事に終えることです。日々の営業活動は続けざるを得ませんので、今までの倍以上になりそうです」

　事実、そうなった。

支払いが滞っている神田税務署への税金と神田社会保険事務所への社会保険料未納分の支払い対策の他、りそな銀行神田支店の借入金返済対策など、北野の仕事量は二倍どころではなかった。

各担当者の言葉遣いや態度から、前経営陣がいかにいい加減で矢の催促をのらりくらりとかわしてきたかが、手に取るように分かったのだ。

久岡たちが財津しか見ていなかったことは承知していたが、これほどまでとは。北野は茫然《ぼうぜん》自失の思いに駆られたことが一再ならずあった。逃げ出したくなることさえ何度もあった。

わけてもりそな銀行の担当者は、久岡元ＣＦＯの対応の悪さについて血相を変えて、北野に言い立てた。

北野は行動力で示すしかないと腹をくくった。

ジョージ・コーポレーション時代に構築した人脈は広い。旧協和銀行時代から誼《よしみ》のある、現りそな銀行本店の企画部副部長の松岡洋一と面会し、相談したところ、その場で神田支店長に連絡してくれた。

「今ここにイーパーセルの北野さんが見えているんだが、当行としては新体制に支援すべきではないのか。私はそう願うし、北野さんならイーパーセルを再建できると思う」

「そうか。松岡がそこまで言うのなら、私が北野さんと直接会って話を聞くことにしよう」

「ありがとう。助かるよ。北野さんからおまえに電話してアポを取るようにしたほうがいいかな」

「今日の三時から四時まで在席するようにするよ」

「そうか。それなら……」

　松岡は北野が深く頷くのを眼にして話を続けた。

「その時間に北野さんがおまえを訪ねるのが都合がいいね」

「おう。それで結構。お待ちしていると伝えてくれ」

「分かった。よろしく頼む」

　松岡の話し相手は神田支店長の石川秀樹《いしかわひでき》だった。

「支店長の石川は同期入行で親しいんですよ。北野さんが誠心誠意ぶつかれば必ず力になってくれるはずです。良い男だから」

「感謝します。本当に本当にありがとうございます」

「御社の久岡さんとやらは、金融機関が最も嫌う対応をしてしまったようですね。どんなに辛《つら》くても銀行を騙《だま》しちゃいけない。正直さを欠くと、味方も敵になりますからね」

麻布台のオフィスを紹介してくれたのも松岡で、契約の際にも助言してくれた。

北野は叩頭《こうとう》したい心境で、りそな銀行本店を後にした。

3

平成十六年十一月二十六日金曜日、この日午前十時からイーパーセル株式会社臨時株主総会が、港《みなと》区麻布台の新オフィス会議室で開催された。

出席者は四名で、二名は委任状である。日興プリンシパルからは吉田大助が出席した。城戸が同社の経営を監視する立場になったため、イーパーセルの担当が吉田に替わったのである。

財津CEOが欠席のため、久岡陽一常務が議長になった。
○第一号議案：取締役二名選任
財津正明代表取締役と城戸一幸取締役の退任及び北野譲治と田窪徹の二人を取締役に選任する件である。同議案が同総会の目玉であることは、当然至極だった。

第一号議案はすんなり承認された訳ではなかった。黒革のパンツを穿《は》いた風変わりな恰好《かっこう》の株主が日興プリンシパルと北野に対して絡んだ質問をしたからだ。

「取締役候補の一人、つまり北野君は社長就任が予定されているが、どういう手法で会社経営にあたるのか、また再建できる見通しと自信があるのかお尋ねしたい。失礼ながら私は懐疑的だが、本当に大丈夫なのかね」

北野はこわばった表情で、議長席に移動した。静かにしているつもりだったが、そうもいかない。気持ちが高揚し、起立したまま声を励まして、思いの丈《たけ》を語った。

「ひと言申し上げたい。質問されたあなた、わが社の事業を理解されて質問なさっているんですか。技術の先進性について、製品の競争力について、ビジネスモデルについて、ビジネスの参入障壁について、〝電子宅配便〟の市場規模について、どれかひとつでもお答えできますか。私は初めてイーパーセルの製品コンセプトを聞いた時、衝撃が走りました。この製品はいずれ世の中の産業構造をガラッと変えるだろうと——。インターネット時代のビジネスのあり方を一変させそうな力強いポテンシャルを感じたんです。この製品で世界を変えてやろうと、四年前の二〇〇〇年十一月にこの会社に入りました。当時の十分ハッピーな生活を捨てて、イーパーセルの将来に懸けたのです。四年間、難しい気性の経営陣の下で苦労し、ここ一年間は、田窪との二人三脚で寝る間も惜しんで市場形成に努めてまいりました。われわれだけがイーパーセルの成功を実現できます。われわれ以外に、電子物流市場を理解し、この会社の知的資産を戦略的に使いこなして、売上と利益を上げることができる人がいますか」

北野はいっそう声を励ました。

「確かに、わが社は経営に失敗し、大きな損害を株主と債権者の皆様に与えました。しかし、われわれ二人は、その失敗から多くを学び、新たなビジョンを掲げてこの場に臨んでいます。われわれ二人が同時に取締役に選任されないのなら、今この瞬間に会社は倒産し、あなたがたの投資が紙屑《かみくず》になるだけのことです。われわれだって大切な人生を懸けている訳ですから、あなたがたも資本家として経営と敵対するのではなく、みんなが一体となって、後ろを振り向かず、前進あるのみと考えます。全員一致で承認してくださるなら、僕ら二人が、もう一度、皆さんに夢を見ていただけるよう、粉骨砕身の努力を惜しみません」

北野は質問者と目が合ったが、二度も頷き返されたのには驚いた。

以下の議案がスムーズに承認されたことは言うまでもなかった。

○第二号議案：監査役二名選任の件

米国本社所属の監査役二名が辞任し、新たに日興プリンシパル取締役の吉田大助と城戸一幸の選任が全員一致で承認された。

○第三号議案：資本金及び資本準備金減少の件

平成十六年十一月十一日現在の資本金八億七千五百万円を、発行済み株式を減少しない無償の方法によって、金七億八千七百五十万円減額して、八千七百五十万円にしたいこと、及び資本準備金八億六千五百万円を金八億四千三百万円減額して、二千二百万円としたい旨提案された。

○第四号議案：定款変更の件

　本社を千代田区から港区に置くこと。

　審議後、出席株主は全員一致で本議案を承認し、臨時総会は約四十分間で閉会した。会議室を出たところで、第一号議案に対し質問した株主から声をかけられた。

「北野さん。あなたの演説には感服したよ。ただ、僕らのファンドは期限が迫っていて、今後支援する余裕はないので、全株式を買い取ってくれないかなぁ。是非あなたに買い取って欲しい」

　北野は既に債務超過で破綻《はたん》している会社の株式などゼロ円に等しいと思いながらも、ただ同然で引き取る交渉は避けようと思った。

「誠意をもって対応させていただきますので、株価の提示には少しだけ時間をください」

「分かった。いい回答を待っているから」

　このディールが完了するのは、翌年三月のことである。

4

年が明けて平成十七（二〇〇五）年一月の仕事始め早々、北野は資金調達に専念した。

イーパーセルの経営の厳しさは、ベンチャーキャピタリストには周知の事実なので、彼らを頼ることなど論外だった。

帰するところ、イーパーセルに投資することを目的としたファンド（匿名組合）を立ち上げて、個人投資家から出資を募ることが最善の方策だと結論した。

北野は、限られた旧知の友人らにだけ事業の夢を語り、将来性を説き、それに賛同する者だけに出資を願い出た。

一月末には、北野を信頼し、経営手腕に期待する旧友らから、一億円を調達する目《め》処《ど》がついた。

北野は会社の破綻回避のために次々と手を打つ必要に迫られていた。

初めに転換社債型新株予約権付社債を保有する社債権者に対し、破綻状態にある会社の株式に転換させ、さらに、北野らが一億円で三分の一以上の株式を保有する筆頭株主になれるように、新株価で第三者割当増資を実施することを認めさせることだった。

無茶苦茶な交渉だが、〝あなたが認めなければ、会社が倒産します〟と迫る以外には何ら説得のための〝理〟はなかった。

北野は社債権者及び株主との厳しい交渉を予想していたが、現実は想像以上に厳しく、眠れぬ夜が続いた。

まずは筆頭株主でオーナー的存在の日興プリンシパルとの交渉から始まった。

吉田取締役に倒産回避のための資本計画の全体設計を示し、了承を得た上で、増資のための株価を提案した。

北野が提示した金額は、彼らが投資した額の何と四万分の一という無茶苦茶なものだったが、筆頭株主として拒否権を持つためには、びた一文負けることはできず、「破綻したベンチャー企業の株価をゼロとはせずに一定の数字を置いたことを評価してください」の一辺倒で押し切った。吉田取締役に、低頭しながらも「正義は我にあり」と心の中で呟いた。

翌日から社債権者との交渉がスタートした。

大手証券会社の投資担当課長大山豊《おおやまゆたか》との増資の提案交渉では、

「北野さん。あなたのことを立派な経営者と思っていましたがそれは間違いでした。あなたの提案は、わが社に対する詐欺的行為ですよ。ふざけないで欲しい。われわれが保有する御社の社債を一株二万円で株式転換させて、その後一株千円で増資するなんてとんでもない。そんな稟議《りんぎ》を社内で上げたら私まで詐欺師の仲間かと疑われてしまう。それでも呑めというのなら、あなたを詐欺罪で訴えますよ」

「訴える」と大きな声を出された時、北野は反論できなかった。悔しかった。それ以降は夜討ち朝駆けで何度も面談した。増資決議の期限を考えればもう猶予がないと焦りを覚えたある日の夕方、大山がアポもなくオフィスに現れた。

　大山の方からわざわざ訪ねてきたからには、何らかの提案があってのことだろうと北野は内心期待した。

　北野の直感は正しく、一気に事態が動きだした。

「最初にＤＥＳ《デット・エクイティ・スワップ》（債務の株式化）と増資のセット話を聞いたときは、あなたのことを乗っ取り屋かと思いました。何度も何度も北野さんの事業にかける熱い思いや世界制覇の話を聞いているうちに、考えを改めました。既に社内の了解も取っています。わが社は全面的に協力しますので、これからは他の株主と社債権者を説得することに全力投球してください」

　今年に入ってからずっと、北野は胃がキリキリ痛み、眠れぬ夜が続いたが、こんな時四元義隆が教えてくれた言葉が心に滲《し》みた。

臨済《りんざい》宗の傑僧、道鏡慧端《どうきょうえたん》禅師（正受老人《しょうじゅろうじん》）の言葉…『一大事と申すは今日只今《ただいま》の心也《なり》。それをおろそかにして翌日あることなし』だ。

〝今日一日を始めとし、終わりとする。過ぎ去ったことにとらわれず、未《いま》だ来たらざる夢に溺《おぼ》れず、今日の厳しき現状に立ち向かうのだ。きのうまでの自分は、今日一日頑張りぬくための準備をしてきたに過ぎない。だから今日一日、死ぬ気で頑張ろう〟

四元義隆が鎌倉の病院で家族に看取られながら幽明界《さかい》を異《こと》にしたのは二〇〇四年六月二十八日夜のことだった。享年九十六。四元の逝去は約一か月後に知人から知らされ、北野は釈然としない思いと大きなショックとがないまぜになって、しばし仕事が手に付かなかった。

　北野がイーパーセルの再建に向けて心を砕き、身命をなげうつ気持ちになれたのは、四元に励まされたありし日のことを想い出したからに他ならない。

5

　新生イーパーセルが独り立ちして行くためには、米国本社にあるシステムを日本に移行させることが必須条件だった。そのために北野たち新経営陣は、米国本社からイーパーセルに技術移転する交渉を、社外取締役に就任予定の河田孝彌に一任した。

　北野が久岡常務に指示して財津のアポを取り、河田が単身ボストンに出向いたのは三月一日のことだ。

翌日、河田はボストン市内の瀟洒《しょうしゃ》なホテルのレストランで財津と面会し、ランチを摂《と》りながら打ち合わせを行った。

河田は財津の機嫌を損なわないように下手に出ることを忘れなかった。二人は笑顔を見せることなく、淡々とビジネスの話をするに終始した。

河田はわずか一時間ほどの話し合いで、財津を説得し、システム移行について以下の確約を取り付けた。

①米国本社が運用する電子物流システムを一年以内にイーパーセルに移行し、全面的に協力すること（システム設計図と関連ドキュメントの開示、ソフトウェアソースコードの開示）

②移管するまではこれまでどおりサービスを提供すること

③上記を完結させるまでの間は、システム利用料を支払うこと

定時株主総会は三月二十五日に開催され、第三者割当による新株発行の件はトラブルもなく決議された。イーパーセル新経営陣の持分比率は四十四・二六パーセントとなり、当初の目的を果たすことができた。

既に一億円の資金が投資事業組合の口座に集まってきたので、まずは借金の返済に

充当された。

　神田税務署への滞納金一千万円、神田社会保険事務所に一千万円、りそな銀行に五千万円、帝国ホテルに二千万円。

　帝国ホテルへの返済金が財津ＣＥＯの滞在費やら飲食代であることは言うまでもないが、ここまで野放図に無茶苦茶ぶりを発揮した財津に対して、北野は今さらながら怒りが込みあげてきた。ただ、イーパーセルの再生に必要なサーバーを日本に移行できるのだから、良しとしなければならない、と我が胸に言い聞かせ拳《こぶし》を握り締めながら頷いた。

　北野はオーナー経営者として、取締役技術部長の田窪徹、社外取締役の河田孝彌らと共にイーパーセル経営の第一歩を踏み出した。

　北野は社長業が忙しくなってきたため、営業部長の採用に踏み切らざるを得なくなった。信頼できる人物であることが必須だが、恰好の人物が北野の頭に浮かぶのにさして時間は要さなかった。

　山田《やまだ》祐介《ゆうすけ》である。昭和三十九年生まれで早稲田大学商学部出身の山田はイーパーセルの元社員だ。財津ＣＥＯとはそりが合わず、わずか九か月ほどで退社して、アップル社に勤務していた。

　北野が強引に説得して呼び戻したのだが、山田は北野の期待に応《こた》えて、即戦力になった。

税金、社会保険料、りそな銀行と帝国ホテルへの借金を支払って残った一千万円は、米国本社からシステムを移転するための準備資金に充当した。

田窪は電子物流サービスの基本設計をベースにしながらも、日本企業が要求するハイレベルなサービスへの品質を叶《かな》える新しい発想の製品をゼロから設計開発することを目指した。

平成十八（二〇〇六）年五月四日の〝国民の休日〟は、北野と田窪にとって生涯忘れ得ぬ日となった。

二人は早朝からオフィスで、緊張しきった顔で向かい合っていた。

「北野さん。米国本社のシステムから日本の新システムへの切り替え作業は、午前零時にスタートして九十九パーセントまで進みました。今のところ問題なく進行しています」

「もう少しなんですね。ドキドキしてます」

「この一年間、米国本社の非協力的な態度には苦労させられました。まぁ、分かりますけどね。われわれが独り立ちすれば、米国側は利用料という大きな収入源を失うことになるんですからね。ですから米国の裏切りがあるかもしれない、と対策も考えていました。でも、あと少しです。ここのバーの数値が一〇〇パーセントになれば完了です」

「分かりました。ここですね」

北野は緊張のあまり手の震えを制しかねた。

「おおっ、一〇〇パーセントと出ましたね」

「北野さん、システム移行が完了しました」

「やりましたね。すばらしい！　田窪さん、ご苦労さまでした。ありがとうございます」

北野は田窪の右手を両手でつかんで、固い握手を交わした。

「お客さまには、ウェブサイトで、システム移行を無事終えたことと、今回の移行の手続きにご協力をいただいたお礼のメッセージをアップしておきますね」

「田窪さん。それは重要なことです。くれぐれもよろしくお願いします」

しばらくの間、二人は今日までの長い道のりを振り返り、これからの課題について話し合ってから、オフィスを後にした。

そして、麻布台のイタリアンレストランで祝杯を上げた。

北野は五月八日の朝一番に、久岡取締役（前年の臨時株主総会で常務から取締役に降格）に声をかけた。

「久岡さん。報告しておきたいことがあるのですが、時間をいただけますか」

「いいですよ。どこで話しましょうか」

「近くのカフェでいかがですか」

「承知しました。十分後に伺います」

二人は強い日差しの中、オープンカフェのテラス席に座って、北野はコーヒーを久岡はカフェオレを飲みながら話し始めた。

「ゴールデンウィークの四日にシステムを無事に移行しました。米国本社から十分な協力を得られない中で、田窪さんが頑張り抜いてくれたお陰です」

「あっ、そうですか」

「久岡さんは、システム移行までが私のミッションだから、それまでは責任を持ってやりますと言ってましたね。これからどうされますか」

「ええ。そのつもりです。私はシステム移行までの人質みたいな立場ですから、今日良い報告が聞けたので、五月末日付けで退職します。早急に取締役会の開催をお願いします」

「新しい仕事は決まっているんですか」

「ええ。野村證券時代の先輩の紹介で、金融コンサルのベンチャーに取締役として入社することになっています」

「そこまで段取りしているとは、久岡さんらしいですね」

久岡は皮肉とは取らず、しゃらっと返した。

「北野さんへの引き継ぎは多くはないので、レポートを共有フォルダーに入れておきます。月末までは休暇を取らせてもらいます。私物は今日中に整理しておきます」

「分かりました」

ボストンにいる財津CEOとの交流がどうなっているのか、北野は訊いてみたい気持ちに駆られたが、胸に終《しま》っておくことにした。

森山は前年一月末で退社していたので、五月末を以《もっ》て、旧経営陣は全員辞めたことになり、北野の精神的負担がどれほど減殺されたか分からない。

6

イーパーセルの経営は、新体制になってほぼ順調に推移した。

平成十九（二〇〇七）年で特筆すべきは、十月に知的資産経営報告書をまとめたことである。以前、経済産業省知的財産政策室長の住田《すみた》孝之《たかゆき》から示唆をうけたことが動機だった。住田は今や他の部局に転じていたが、彼の知遇に報いるためにも、自分自身のためにも、何よりもイーパーセルにとって必要不可欠だと北野は判断した。

知的資産とは企業の個性とでも言うべきものである。キャッシュや不動産のように、定量的に数値で示せる金融資産ではなく、社長のカリスマ性とか人脈あるいはブランド力など、数値化しづらい定性的な資産のことであり、特許などはその典型例だ。北野はかつてイーパーセルの同僚で、現在はコンサルティング会社を経営している小林裕亨の力を借りて、二人三脚でトライしようと思い、小林にアプローチしたところ、二つ返事で承諾してくれた。

二人で何度か議論、討論した結果、イーパーセルの知的資産は以下の四つと定義した。

①純正手作りのソフトウェアでシステムを構築し、販売からサービス提供、そしてサポートに至るまで自社で完結するビジネスモデルであること。あらゆる段階での顧客ニーズがより早く把握できることでサービスレベルが常に向上し、よって参入障壁を高く保つことができる

②顧客基盤が大企業を中心に構成されているので経営が安定する

③解約率がほぼゼロに等しいサービスなので、安定した収益モデルである

④インターネットの黎明《れいめい》期のアイディアをそのまま米国基本特許として保有している

住田の勧めで、日本初のベンチャー代表として、ドイツ南部のラーベンスブルクで開催された国際会議に出席した。

この頃、元経済産業研究所の赤石が日本機械輸出組合ブラッセル事務所長としてベルギーに赴任していたので、彼の家に二泊して大いに旧交を温めた。

会議では、世界中から集まった学者、会計士、官僚、企業経営者ら約二百名の聴衆を前に三十分間にわたってベンチャーが実践する「知的資産経営」について発表した。

この経験から様々な知見が得られたが、北野には考えるところがあった。イーパーセルのビジネスをブレイクスルーさせるには、「知的資産」を可視化して「金融資産」に転換すればいいのではないかと思うようになっていた。それは、或る意外な人物との出会いと学びから斬新な発想を得て、後の米国の地でグーグルなどを相手に特許侵害訴訟を起こす行動につながった。

前年の平成十八（二〇〇六）年三月三十一日、北野は谷中の禅刹「全生庵」で座禅した後、寺の中庭で平井正修《しょうしゅう》住職らと花見に興じていた。

この日は社長就任後二度目の定時株主総会があり、決算承認と取締役選任の議案を無事に通した安堵感で盃を重ねていた。

酔いが回り始めた頃、北野のケータイが鳴った。発信者は元内閣官房内閣審議官の林洋和《はやしひろかず》だ。林から電話を受けることなどめったにないので、何事かと思いながら電話を取った。用件は来週の月曜日午後三時に大手町の経団連会館に来なさいとのこと。林が以前から北野に紹介しようと思っていた人に会うので、同席しなさいとのことである。面談の相手は、ミスター経団連とも財界総理とも称される一般社団法人日本経済団体連合会会長の奥田碩《おくだひろし》だった。

林が張りのある声で北野を紹介した。

「奥田さん、北野譲治君です。将来、日本の産業をリードするかもしれない楽しみな若者です。以前から紹介したかったんですよ。今後目を掛けてやってください」

「奥田会長、初めまして。イーパーセルの北野と申します」

「奥田です。イーパーセルってどんなビジネスなんですか？」

北野は、経団連会長にお会いできたこと自体が驚きだったが、更に事業の説明をすることになるとは想像もしなかったので、緊張と興奮のあまり声は上ずったが、持てる技術力、ビジネスモデルと将来の展望を一気に語った。最後に、一度は倒産しかけた会社に資本を入れて再生の途上であることも正直に伝えた。

「ネット社会を代表するような事業ですねぇ。これからの時代は、君のような若い経営者に日本経済の牽引《けんいん》役になってもらわなきゃいけないと思いますよ。いっそう励んでください」

北野は深々と頭を下げた。

「ああ、それからね」と奥田が言葉を継いだ。

「経営者に最も必要な素養は、〝有り得ないようなことを考え続けられること〟です。会社経営に失敗しないためには、これだけは覚えておくといいでしょう。北野君、又お会いしましょう」

北野は、奥田が最後に発したこのひと言が、後にイーパーセルを救うことになるとは夢にも思わず胸に刻んだ。三十分前の自分より、一回りも二回りも大きくなったような、そんな不思議な感覚に包まれて経団連会館を後にした。

同年五月二十四日、奥田が経団連会長を任期満了で勇退した。この日を機に、北野にとって奥田が少しずつ身近な存在になり、経営者に必要な能力を磨くことになる。

平成二十（二〇〇八）年に入って、イーパーセルの経営はいっそう安定し、単年度黒字化間違いなしと北野は自信を深めていたが、九月十五日、世界経済を震撼《しんかん》させる事件が出来《しゅったい》した。

米国を代表する投資銀行のリーマンブラザーズ・ホールディングスが経営破綻した。世に言うリーマン・ショックである。

日本では、金融の自由化が進んでいないことが功を奏し、欧米と比較すると影響は少ないとされていた。

もっとも三菱ＵＦＪフィナンシャル・グループが全米第二位の投資銀行のモルガン・スタンレーに九十億ドルを出資し、また野村證券は破綻したリーマンブラザーズの日本・アジア部門および欧州と中東部門の社員を引継ぐなど、攻めの経営姿勢を見せていた。

北野は当初、イーパーセルへの影響も軽微と見て、さしたる不安感にとらわれることはなかった。だが、さに非《あら》ずで、ほどなく訂正を余儀なくされた。

バブル経済崩壊後の円安傾向の恩恵を受けて、順調に利益を伸ばしていた自動車関連産業は、リーマン・ショックの影響で急激な円高が進み、相当なダメージを受けることになったのだ。

大不況の影響で、銀行が自動車ローンを組まなくなったこともあり、世界中の人々が車の買い控えに走ったのだ。ＧＭ（ゼネラルモーターズ）やクライスラーが事実上の倒産に追い込まれてしまった。

イーパーセルの主要顧客は自動車関連産業を中心に構成されている。予想もしなかった自動車産業への直撃は、イーパーセルの経営にボディブローのように効いてきた。

解約率がほぼゼロに等しいとはいえ、電子宅配便を使って、エンジニアリング系の大容量データを伝送する頻度がガタ落ちしたことで、年度後半から売上げが激減した。

北野は、ここは辛抱のしどころと思うしかなかった。

その上、麻布台のオフィス賃料の高額な値上げを告げられ、移転を決意せざるを得なかった。

困っていた北野に手を差し伸べたのは、村本建設社長の村本吉弘だった。千代田区二《に》番町《ばんちょう》の麴町《こうじまち》御幸《みゆき》ビル村本建設東京本社の一部使用を申し出てくれたのだ。村本の厚意に甘え、本社を麴町御幸ビルに移転した。

7

平成二十一（二〇〇九）年、イーパーセルの経営は至極順調で、北野の主要な経営テーマは、米国基本特許をいかに戦略的に活用するかに絞られていた。

この頃から、米国の複数の〝パテント・トロール〟からメールが届くようになった。

並行してこの頃には、奥田が示唆した経営者に必要な素養とは即ち『イノベーションを起こす能力である』と北野なりの答えを出していた。

北野は保有する米国基本特許の内容を徹底的に調べ始めて、その最大の価値は、インターネットの黎明期といわれる一九九〇年代初頭に閃《ひらめ》いたアイディアや素朴な発想が、そのままの形で、米国基本特許として資産化されていることだと理解した。

インターネットが産業に利用されることを予見し、発展の方向性を正しく展望したことこそが、保有するすべての特許の根底にあった。

これらの特許技術を使用した製品やサービスが、世界経済を牽引《けんいん》する名だたる米系大企業から提供されていたことも事実であった。

奥田の示唆を『イノベーション経営』と胸に刻んだ大胆な一手は、米国の地で、特許侵害訴訟を起こすことであった。北野の行動は早かった。イーパーセルの法律顧問であり、特許弁護士として高名な鮫島正洋《さめじままさひろ》に意見を求めたが、「北野さん、アメリカで訴訟を起こすなんて幾らお金があっても足りませんよ。お止《や》めになった方が賢明です」と一蹴《いっしゅう》された。

考え抜いた先のイノベーティブな一手ではあったが、あっけない結果になった。

その後も北野は、特許侵害訴訟を諦めきれぬまま更なる一手を模索していたが、その頃から米国のディケイマン・テクノロジーズ社から、イーパーセルが保有する米国基本特許を売却して欲しいとメールが届くようになった。

調べてみると、ディケイマン・テクノロジーズ社とは、〝特許の怪物〟とか〝特許の妖怪〟、時には〝特許ゴロ〟とまで蔑まれている〝パテント・トロール〟だったのだ。

そうこうするうち、米国の他のパテント・トロールからも同様のオファーのメールが届くようになり、北野は、パテント・トロールのビジネスモデルを真剣に勉強するようになった。

彼らとのアライアンスは面白いことになるかもしれないとの漠とした感覚が芽生え始めてきていた。

十二月上旬のある夜、田窪が話しかけてきた。

「北野さん、また例のアメリカの会社からメールが届いたんですが、放っておくか、あるいは断ってもいいですか」

「例のって、確か今年四月に、ウチの特許を売却して欲しいと言ってきた会社のことですか」

「その、ディケイマン・テクノロジーズ社です」

「やっと来ましたか。メールには何て書いてありますか」

「御社が保有する特許番号×××に興味があると書いていますね」

「〃マーケティング・データ・デリバリー・システム〃ですね。今流行の検索連動型広告システムと呼ばれる基本技術です」

「これはとてもよく出来た特許です。今の時代に申請したら絶対に取れない特許ですからね」

「しかし、僕はてっきり、〃ロバスト・デリバリー・システム〃の特許に興味を持っているとばかり思っていたのですが、いずれにしても、特許の売却は無理な相談です。ライセンスでいいなら検討する、と返信してください」

「そうですね、それなら問題はないでしょう。すぐ、返信しておきます」

田窪がメールを送信した後、二人は近くのイタリアンレストランに入って夕食を取りながら話した。

「田窪さん、さっきのメールの件ですが、相手が本気ならこちらも真剣に取り組んでみようと思うのですが……」

「取り組むとは、どういうことですか」

「彼らは米国ではパテント・トロールといわれる連中です。特許侵害で大型訴訟を起こして、相手からたんまりお金を巻き上げる商売をしているんですよ」

「でも、そういう商売って虚業じゃないですか。少なくともうちの本業とは全く違う世界ですよね。あまり気が進みませんが……」

「そのとおりですが、僕、考えたんですよ。日本のハイテク産業も彼らにやられっぱなしでしょう。だったら、僕らは彼らのパワーを逆手にとって、一矢《いっし》報いてやろうじゃないかと。つまり、僕らがアメリカの超巨大企業を提訴するのではなく、彼らのビジネスに乗っかって別のルートから戦いを挑むんです。これこそ、わが社の知的資産を戦略的に活用する最善の策だと思うんです。それで、先日、鮫島弁護士に例の会社を調べてもらったら、米ナスダックに上場していて、時価総額七百億円くらいの優良企業とのことでした」

「へぇ。そんな優良企業なんですか」

「鮫島弁護士と親しくてアメリカ西海岸で活躍している弁護士が、この会社のビジネスモデルについて講演したことがあったようで、その時の資料を見せてもらったら、結構しっかりした会社なんですよ」

「そうですか。それなら組むのもいいかも知れませんね。次の一手としては面白い展開になる予感がしますね」

「心強い言葉で勇気が湧いてきましたよ。僕の理解では、彼らに独占的専用実施権をライセンスすれば、彼らが彼らの責任と負担で相手を提訴する訳だから、僕らのリスクはほぼゼロに等しい。判決を勝ち取るよりも早く和解にこぎつけて特許ライセンス契約を勝ち取る、それをゴールにします。おそらく訴訟相手は、グーグルやアップル、ヤフーといった世界有数の大企業がリストアップされるでしょうから、その実績を日本のメジャーなメディアに取り上げてもらえるかも知れません」

「お金をもらって広告を出す作戦ですね」

「イーパーセルの技術は、世界経済を牽引する名だたるトップ企業が採用している世界標準技術だと証明できるでしょう。そうすれば、独自技術よりも世界標準技術を持って来いと、僕らに厳しい注文ばかり突きつける日本の大企業が採用し始めると思うんです。訴訟相手から受け取るライセンスフィーを目的とするのではなく、特許技術をライセンスしたという実績を勝ち取ることを目指そうと思います。田窪さん、どうでしょう」

「アメリカで訴訟を起こすなんて全く展開が予測できませんが、わが社の技術力をアピールする手段と考えれば、やる価値は十分あると思います」

この夜、二人は、暗くて長いトンネルの先のほうからほんの少しの光が差し込んできたような気分に浸った。

初めての経験なので分からないことだらけだったが、北野は特許訴訟に関するありとあらゆる文献を読み漁《あさ》り、また、立ち向かおうとしているプロジェクトのゴール設定を、間違えないように全体戦略を丁寧に練り上げた。

翌年、北野は年始の挨拶を兼ねて、鮫島弁護士を虎ノ門の事務所に訪ね、本プロジェクトに関する考えと思いを話した。概《おおむ》ね理解を得ることとなったので、鮫島弁護士に、わが社の代理人として、ディケイマン・テクノロジーズ社の担当者ジャック・フリードマンとの交渉をスタートして欲しい、と申し入れた。

帰社後北野は、田窪にジャック宛てに『今後は鮫島弁護士をイーパーセルの代理人としてやり取りをして欲しい』とのメールを鮫島弁護士をCCに入れて送信するように頼んだ。

その後、ジャックから田窪への返信があり、その文面からは、ジャックがとても喜んでいる様子が窺《うかが》えた。

鮫島弁護士からジャックに、本プロジェクトに対するイーパーセルのスタンスを明確に伝え、今後の進め方について説明を求めた。

六月中旬、ディケイマン・テクノロジーズ社から契約条件が提示され、イーパーセルが過分なリスクを取らぬように粘り強く条件交渉を続けた結果、納得のいく契約内容で合意できたので、これで契約すると伝えた。

幾日か経って、鮫島弁護士から契約書が届いたとの連絡が入ったので、北野は最終確認の後、用意された二通の契約書に、ディケイマン・テクノロジーズ社の上席副社長の流麗なサインを横目に見ながら指先に力をこめてしっかり〝Joji KITANO〟とサインをした。さあ、行くぞ、というやる気と気力が充満してくる感じを強く覚えた。

8

平成二十三（二〇一一）年二月、契約締結から半年以上の検討期間を設けて、イーパーセルの特許を侵害していると確信できる相手企業を絞り込む作業が続いた。ジャックのチームとの電話会議は、いつも鮫島弁護士の事務所で行われたが、緊急ミーティング以外は、大体朝六時頃からスタートした。

二月七日付けでディケイマン・テクノロジーズ社から届いたレターには、権利行使を検討する相手先企業として、米系の名だたる世界的大企業が二十数社もずらりとリストアップされていた。

この後も、更に慎重に検討が重ねられ、結果的にはグーグルやヤフーなどの計十三社が最終的な訴訟相手と決まり、三月九日、特許権者の勝訴率が高い裁判所として有名なテキサス州東地区管轄で特許侵害訴訟を起こした。

七月下旬頃から、ジャックの動きが慌しくなってきたので、そろそろ動き始めたな、と思いながら八月に入って間もなく、鮫島弁護士から電話が入り、第一号のライセンス実績が知らされた。その相手は、歴史的には“iPhone”よりも古くスマートフォンの元祖とも言われた“BlackBerry”端末を製造販売するカナダのリサーチ・イン・モーション社であった。いきなりの大金星だ。

これに続いて、次々とライセンス実績が明らかになると、訴訟相手ではない企業からもイーパーセルの特許のライセンスを使用したいとの申し出があり、思わぬ副産物が得られた。

平成二十四（二〇一二）年がスタートした。米国特許訴訟プロジェクトは、意外にも順調に進展し、リサーチ・イン・モーション社以降、ライセンス契約を締結する企業が相次いだ。

北野は当初の計画どおり、この実績を様々なメディアに報じてもらおうと、知人の日本経済《にほんけいざい》新聞社編集委員に電話をかけた。

「グーグルなど世界の名だたるＩＴ企業が、イーパーセルが開発した技術特許を侵害しているということで争っていたのですが、和解できそうな見通しになりました。日経さんで記事にしていただく訳にはいきませんでしょうか」

「それは凄いことですね。通信担当の記者を紹介しましょう」

編集委員が紹介してくれた記者は、取材に応じてくれ、二月二日夜遅い時間に「あすの朝刊で記事になります」と連絡してくれた。

北野は米国における特許侵害訴訟が日本のメディア、しかも日経新聞に報道されることになると興奮した。その夜は高揚感で寝たか寝なかったか分からないうちに夜が明けた。

北野はベッドから這《は》い出して、ポストへ急いだ。新聞を抱えて、リビングルームのテーブルに日経新聞を広げ、一ページから丹念に目を通した。ドキドキしていた。手がふるえていた。

ところが、それらしき記事は見当たらなかった。おかしい。再度めくってみたが掲載されていなかった。

「がっかりしています。夜も眠らずにドキドキして待っていたのに。しかも遅い時間の電話で、今日の新聞に出ると記者さんが連絡してきたんですよ」

北野が田窪に話しているとき、北野のケータイが鳴った。

「日経産業新聞にイーパーセルの記事が出てますよ。お読みになりましたか」

「えっ。日経産業新聞ですか。すぐ読みます」

日経産業新聞のイーパーセルに関する記事は、新製品を紹介する内容で、特許訴訟に関する記事ではなかった。〝この記事は一体何なんだ〟と思い、北野は思わず担当記者に食ってかかった。担当記者は、『特許訴訟の記事、つまりベンチャーのもめ事を記事にするのは難しいと、上から却下された』と申し訳なさそうに言うのみであった。

しかし、ここで諦《あきら》める訳にはいかない。北野は気を取り直して、新聞がダメならメジャーな経済誌をターゲットにすればいい、と思い直し、「日経ビジネス」誌の記者を訪ねた。

日経ＢＰは、日経ビジネスオンラインの〝記者の眼〟コーナーで報じてくれたが、雑誌媒体の「日経ビジネス」誌に掲載されるほどの反響はなかった。

北野は諦めきれず、知人に「週刊ダイヤモンド」編集長を紹介してもらった。紆余《うよ》曲折はあったものの、同誌は二〇一二年四月二十一日号に掲載した。

表紙をめくって目次に続く、「Close Up」のコーナーに〝グーグルなど十三社を訴えた国産ベンチャー驚異の実力〟の見出しで、記事は三ページに及んだ。前文は以下の通りだ。

> ある日本のベンチャー企業が自社の米国特許を武器に米国ＩＴ企業を果敢に攻めている。グーグル、ヤフーなど十三社を特許侵害で訴え、アップルまで標的に定める。しかも勝てそうであるから驚きだ。そこには自社の特許を活用するという日本企業が見習うべき経営戦略がある。

反響の大きさは北野の予想を遥かに超えていた。

電話はパンクしそうなくらいに鳴り続け、ウェブサイトへのアクセス数は、平常時の六百倍に及んだ。

イーパーセルの特許技術の採用を検討したいという大企業や、投資や取り引きを希望する金融機関などからの電話やメールでの問い合わせは引きも切らなかった。

嬉《うれ》しい悲鳴とはこのことだ。北野たちは対応に追われて、通常の仕事が手に付かなかった。

「『週刊ダイヤモンド』の情報発信力がこれほどまでに凄いとは想像もできませんでした」

「北野さん、『週刊ダイヤモンド』はもともとパワーのある経済誌なんですよ」

「大企業にイーパーセルの存在を知らしめた効果は絶大でしょうね」

北野と田窪の声がうわずり弾んでいた。

イーパーセルの存在感が定着したことは紛れもない事実だった。

電話やメールでの問い合わせは具体的で、技術提携の話が多く持ち込まれるようになった。

その後も日本経済新聞を始めとする全国紙やメジャーな経済誌などが、『グーグルに勝った男』などと、紹介する好意的な報道が続いた。

第七章　新たな情熱

1

北野はどんなに多忙であろうと、若い頃に四元義隆との縁で知り得た山岡鉄舟《やまおかてつしゆう》居士建立の谷中の禅刹「全生庵」での参禅を続けていた。第七世住職の平井正修とは年齢も近いこともあって、二人で向き合って座禅を組んだことが一再ならずあった。

十二月十九日の夕方、北野は平井に、二人きりの座禅を願った。しんしんと冷え渡る本堂の板場で一時間ほど向き合ったのち、平井住職は北野にこんな法話をした。

「心と体がきちっと一体として動くようにならないと何も得られません」

「辛い時にこそ正面からそのこととどれだけ向かい合っていけるのかが大切なのです」

今回は、いつも以上に平井住職の言葉が胸に沁み入った。平井住職にお礼を告げ、お寺を後にした直後、北野のコートのポケットでケータイが鳴った。

「あなた、今話せますか」

妻の優子だった。

「うん。どうしたの？」

「先ほど、大分の村山《むらやま》先生から宅急便が届いたの。薄くて大きな包みだけど、何か心当たりはありますか」

「最近、大分のハウスみかんを送ってくださったばかりなのに……。一時間くらいで家に帰るからそのままにしておいて。僕が開けるよ」

　北野は帰宅するなり包みを開いた。

　大判の色紙一面に、北野が大好きなドイツ系アメリカ人の実業家サミュエル・ウルマンの『Youth（青春の歌）』のハイライト部分が、毛筆の力強い筆致で書かれていた。

〝青春とは人生のある期間を言うのではなく、心の様相を言うのだ。年を重ねただけで人は老いない。理想を失う時に初めて老いがくる〟

　この詩は戦後間もない頃、昭和天皇が日比谷の占領軍総司令部（ＧＨＱ）にマッカーサー元帥を訪問し、初めて民間人と並んで写真を撮られた部屋の壁に掛けられていたことで知られていた。

　村山富市《とみいち》元首相も、中国の書家から贈られた額を総理官邸執務室に飾っていたという。

北野が村山の知遇を得たのも四元義隆の誼であった。村山が社会党国会対策委員長として活躍していた頃なので、既に二十年余経っている。村山の高潔で私心がない素晴らしい人格に魅了された北野が、近しくお付き合いを願いでたのであった。

村山が北野に常々言い聞かせたことがあった。

「北野さん、あんたなぁ、仕事で大事なことは、お客さんと『正直』・『誠実』に向き合うことじゃよ。それさえできりゃあ、立派な経営者じゃあ」

北野にとって、お客様への『正直』・『誠実』な対応とは、即ちサービスの『品質』だと心得た。保険ディーラー時代から今に至るまで、売るものが何であろうと、『質』のよい商品を、日本人が大切にする『品位』と『品格』と『品性』を以《もっ》てお客様に提供することだと胸に刻んで、商売に専念してきたという自負がある。

四元が生涯を賭けてやるべき仕事の見つけ方を教えてくれたとするなら、村山との出会いがもたらしたものは、商売の極意であったかもしれない。

村山は、この日、北野が五十歳の誕生日を迎えたことを承知していて『北野君、若い時の優れた想像力、逞《たくま》しい意志、情熱、冒険心を決してこれからも無くすことのないように、ますます精進しなさい』と激励のメッセージを「書」にしたためてくださったのだ。そう思うと北野は感動で涙がこぼれてならなかった。

2

平成二十五（二〇一三）年三月中旬、北野の旧友の小川誠司からケータイに電話がかかってきた。

「四月から、東大を辞めて京大医学部に教授で行くことになったんだ。ジョージおまえは京都に詳しいから、どこかいい下宿先を探してくれないかな。暫《しばら》くは単身赴任なんだよ」

「分かった。ちょっと当てがあるから聞いてみるよ」

北野は千利休《せんのりきゅう》の菩提《ぼだい》所として名高い京都の名刹大徳寺《だいとくじ》の塔頭「聚光院《じゅこういん》」がうってつけと思い、すぐに小野澤《おのざわ》虎洞《こどう》住職に電話をかけた。

「ご住職、北野譲治です。ご無沙汰《ぶさた》続きで申し訳ありません。誠に厚かましいのですが、実は折り入ってご住職にお願いがありまして……」

「北野さんからの願いとは、こりゃまた珍しい。何かね」

「私の高校時代の親友が、この四月から京大医学部の教授に就任するのですが、下宿先を探して欲しいと相談がありまして、お寺の宿坊を一部屋お借りできませんでしょうか」

「なるほど。聚光院に目をつけるとはさすが北野さんだ。よろしい、というより願ってもないことだねぇ。お医者さんなら、私の主治医になってくれるんでしょう」

「それは名案ですね」

「好きな部屋を使ったらよろしい。布団もたくさんあることだし、喜んでお迎えしますよ」

「住民票などもお寺に移してよろしいですか」

「もちろん、ええですよ。小川先生の名前は聞いた覚えがあるが……」

「小川は日本を代表する世界的ながん研究者で、よく知られた学者ですが……」

「そんな大先生の面倒を見させてもらうとは光栄なことですな」

住職は嬉しそうに坊主頭を右手でなで回した。


小川は朝は寺の若い見習い僧の読経で目を覚まし、七時から一汁一菜のお寺の朝ご飯を寺の皆と食べる。一息入れて、小野澤住職お手製の弁当を持って研究室に出勤する毎日が続いた。京大の自由な学風が合ったのか、東大時代にも増して世界初の発見を研究論文として世に送り出すようになった。

平成二十八（二〇一六）年五月、〝癌細胞が免疫から逃れるメカニズム〟を解明した小川らの論文が英科学誌「nature」の電子版で公開されると、世界中の大手製薬会社や医療機器メーカーからの反響は大きかった。

「ジョージ、久しぶり。相談があるんだけど」

「小川から相談なんて珍しいな。京都の下宿を探してくれって言われて以来だよ」

「いやぁー、その節は世話になった。このあいだネイチャーに論文が載ったろ。実はあの論文に関連する特許を出願しているんだけど、それをライセンスして欲しいってオファーが京大にたくさん来てるんだよ」

「へぇ、凄《すご》いじゃないか」

「ジョージは特許ビジネスに詳しいから、俺と一緒にベンチャーを創って事業化してみないか。商売というよりは、新しい癌治療を確立する仕事だから社会貢献になるし、大いに意義があると思うんだよ。どうだ」

「医療や医学は専門外だけど、小川との仕事は面白そうだな。いいよ、チャレンジしよう」

　北野は小川らが発明し、京大がその権利を有する特許権の取り扱いに関する交渉役を引き受けることになった。

　二人は、バイオベンチャー「朝日ゲノミクス株式会社」を共同創業した。社名は、北野と小川が共に学んだ岡山朝日高校に因《ちな》んだ。

四元との関係が深い公益社団法人鹿児島共済会南風《なんぷう》病院の西俣寛人《にしまたひろと》名誉院長と北野は十数年来の付き合いだ。

西俣は「日経バイオテク」に掲載された朝日ゲノミクスの記事を読んで、北野が癌研究者として世界的に名高い小川誠司京大教授とバイオベンチャーを立ち上げるほどの仲であることに驚いたという。

西俣は南風病院と小川の研究室との共同研究を強く希望し、それがスタートしたことで北野への信頼がいっそう増したのだった。以来、厚生労働省や鹿児島県庁、更には取引金融機関との交渉など様々な相談を持ち掛けられるようになったが、北野はこれを的確に捌《さば》いた。

この頃から西俣と理事長の貞方洋子《さだかたようこ》は、南風病院の経営を北野に託したいと考えるようになっていた。

3

元号が平成から令和へと変わった。その年の十二月十四日夜遅く、北野は会食を終えて帰宅するタクシーの中で、ジュンちゃんの娘亜里《あり》からの電話を受けた。

十年ほど会うこともなかった亜里から、しかもこんな遅い時間に掛かってくるとは、嫌な予感がして胸がドキドキした。

「ジョージさん、亜里です。ご無沙汰《ぶさた》しています」とか細い声で言った。

「亜里ちゃん。どうしたんだ？」

何故なら池内はこの七、八年大きな病と闘っていて、小川の紹介で東大病院に通院していたからだ。

「ジョージさん、驚かないでくださいね。実は昨夜遅くにパパが亡くなったの」

覚悟して冷静に受け止めるつもりだったが、いざとなると、言葉にならず、涙がこぼれ落ちた。

タクシーは自宅近くを通り過ぎて、遺体が安置されている場所を目指した。

部屋には目を腫らした亜里が一人だけだった。池内の妻康子はすでに他界していた。

北野の姿を見るや否や、「ジョージさん、来てくださってありがとうございます」と言って泣き崩れた。

穏やかな表情で眠るジュンちゃんに、北野は幾度も幾度も心の中で語りかけた。

『ジュンちゃん、今の僕があるのはジュンちゃんのお蔭です。何十年も愛情たっぷりに厳しく鍛えてくれたことは決して忘れません。必ず世の中の役に立つ男になって見せますから、安心して天国に逝《い》ってください。お世話になりました』

三日後の十七日、桐ヶ谷《きりがや》斎場で行われた葬儀には、大勢の昔懐かしい顔ぶれが集まった。北野は最後のお別れに、日本経済新聞夕刊のコラム「こころの玉手箱」に掲載されたフローリスト・マグの写真入りの記事をそっと棺《ひつぎ》におさめて掌を合わせた。ジュンちゃんは、花屋を訪ねる客に必ずといっていい程、自慢気に見せていたそうだ。

「ジュンちゃん、永い間ありがとうございました。安らかに眠ってください。さようなら」

池内が実践した、競争原理が働かない深夜の時間帯に開店するという〝圧倒的な競争力〟と、決して休まないという〝お客様との絶対的な信頼関係〟はフローリスト・マグの知的資産として今も六本木の街中に息づいている。

4

令和二（二〇二〇）年の幕開けは、人類が生存を賭けた戦いの始まりだった。中国・武漢《ぶかん》市を発生源とする新型コロナウイルスが世界中で猛威を振るい、日本でも三月に入ると、感染者が指数関数的に増加し始めたのである。

欧州各国と米国のロックダウンが報じられる中、東京オリンピック・パラリンピックの開催延期が決定された三月二十四日、北野は鹿児島空港に降り立っていた。

　空港では西俣が笑顔で北野を迎えた。

「北野さんから、〝南風病院の経営に参加します〟と決意表明の電話をいただいた日は、興奮して一睡もできなかったです」

「私ごときに畏《おそ》れ多いお言葉です」

「私は今年で八十三歳になりますが、もうひと仕事やりますよ。湧き上がる情熱を感じます」

「〝情熱に勝る能力なし〟と言いますが、四元先生は、〝若い時の情熱は止められない〟とおっしゃった。私は、半白を過ぎてから公に尽くしたいという情熱を止められません」

「今日の理事会は、北野さんの決意表明を直接お聞きしたいと、理事全員が参加しますが、今のひと言を伝えてくださるだけで十分です」

　北野は、四元義隆先生の末席の弟子であること、そして四元と西俣の実父が旧制第七高等学校造士館柔道部の同期で、共に東大に進学した仲であること、更に医療・医学界の重鎮らの知己に中央の行政や政治とのネットワークなど誇張せずに伝え、地域医療に貢献する情熱を込めて、約三十分の持ち時間で語った。

　そして満場一致で、六月の定時理事総会で北野の副理事長就任事案を諮ることになった。

四月七日、七都府県に緊急事態宣言が発出された。それに伴い、北野は全社員を在宅勤務にシフトする一方で、ビジネスをリモートワークに転換することは即ち、社内のイントラネット環境での業務の一部が、いずれ自宅からのインターネットを使った業務に移行するであろうから、「電子宅配便」の需要が高まるだろうと予感した。

実はそれを期待するには確かな理由があった。

二〇〇一年の九・一一米国同時多発テロが発生した直後、リーマンブラザーズ証券の本社ビルが使用不能になると、「電子宅配便」を使ったデータ・デリバリー・システムの開発責任者が、自宅の私用PCにイーパーセルのソフトウェアをネットからダウンロード・インストールして、世界中の顧客への情報発信業務を再開・続行したのだ。

この瞬時の判断が、テロに屈しない強いアメリカの象徴としてニューヨークタイムズ紙に報じられると、「電子宅配便」は手軽でありながら、どこにいても確実に業務をサポートできると、イーパーセルの技術力は全米に知れ渡ったのだった。

5

この頃、小川は親しい研究者らとオンラインで会議をする日々が続いていた。そんな或《あ》る日のこと、小川が北野のケータイを鳴らした。

「ジョージ、西俣さんからのオファーを受けたんだってね。西俣さん、喜んでたよ」

「地域医療が社会への貢献だと分かったからだけど。とは言え、小川のサポートがあることが大前提なんだから、今まで以上に頼むよ。いずれは京大のバックアップが得られると有難いな」

「そうだな。それも含めて考えてみるよ」

「それは、助かる。ところで、電話の用件は何？」

「相談に乗って欲しいことがあるんだ。政府が公募するムーンショット型研究開発制度（二〇五〇年までに超早期に疾患の予測・予防をすることができる社会を実現することなどを目標とする）っていうのがあってさ、十人くらいの研究チームで応募しようと思ってオンラインで会議をしているんだけど、最近になって、その内の何人かと新型コロナウイルスの研究をしようかって話し合ってるんだ」

「いいことだね。だけど、小川はがんの研究者だから感染症は関係ないんじゃないの」

「そこなんだよ。俺らが考えていることは、ウイルス側じゃなくて、感染する側、つまりホスト（ヒト）側の遺伝子解析なんだよ」

「へえー。さすが科学者らしくなってきたな」

「冗談を言ってる場合じゃなくて、ジョージに俺らのプロジェクトに入って欲しいんだよ」

「えっ、僕がなにをやるの？」

「まずは、オンライン会議に参加して欲しいんだ。俺らでは解決できない問題があるから、アイディアを出して欲しいんだよ」

「ふぅーん。で、いつやるの」

「今夜九時からなんだ。予定はどう」

「急だな。分かった」

「今日はプロジェクト化の可能性だけを検討したいので、参加者は俺と慶應の消化器内科教授で、金井《かない》っていうの」

「慶應の金井教授ね」

「駿台予備校で浪人していた時の同期なんだ。ジョージはお茶の水校舎で、俺らは市ヶ谷校舎だった。金井にジョージの話をしたら、是非相談に乗ってもらおうってことになった」

「そうか。今夜、詳しい話を聞かせてもらうよ」

「後で、IDとパスワードをメールで送っておく」

「じゃあ、後ほど」

視線を腕時計に落とすと、午後六時を回っていた。北野は一気に仕事を片付けた。

「じゃあ、二人ともいいかな」

小川の掛け声で、オンライン会議はスタートした。

「北野さん、初めまして。慶應の金井と言います」

「初めまして。北野です。お役に立てるかどうかわかりませんが、よろしくお願いいたします」

「必ずお役に立っていただけるものと期待しています」

相談の中身は、概《おおむ》ねこんな内容だった。

今、世界は未知のウイルスとの闘いという筋書きのない危機に直面している。我々は今こそ科学の力を以《もっ》てこの難題に立ち向かって行きたいと考えている。『日本人集団の新型コロナウィルス感染患者の死亡を含む重症化率が諸外国に比べて圧倒的に低い』ことの理由を明らかにするためには、ウイルス側の要因に加えて、感染者（ホスト）側の要因、とくに、ホストの遺伝学的な要因をゲノム解析を通じて詳細に調べることが是非とも重要だ。

つまり、〝日本人感染者の重症化因子を同定し、重症度予測法を構築することで医療リソースを最適化し、よって、医療崩壊を防ぐ〟ことを実現し、次の脅威に対して迅速に対応できるようにしたい。その達成の先に、新型コロナワクチン開発を目指す。

これをプロジェクト化するためには様々な研究分野で実績と実力のあるトップサイエンティストを横断的に結集して時限的なチームを組成し、感染患者の検体提供の協力をいただける医療機関と緊密な連携を図って、オールジャパンで『検体バンク』を立ち上げる必要がある。そして、それは、資金調達が叶《かな》わなければ実現できない。

そこで、政府に認識されるプロジェクトとして、公的資金を取得するにはどうしたらよいか、というのが北野に対する相談事だった。

北野は、小川と金井が興奮気味に話す様子を微笑ましく感じた。それは、研究資金の当てなどまったくなく、もちろん調達の目途も立っていないのに、研究の成果が如何《いか》に国際社会に貢献できるかを熱く語っていたからである。

科学的真理を探究しようとする情熱と好奇心が彼らを突き動かしているのだろうが、何より北野が深く心を動かされたのは、私心無く社会のために尽くしたいという科学者の矜持《きょうじ》と志に触れたことであった。

「金井さん、やりましょう。小川、やるだけやってみるよ」

「そうですか。北野さん、百人力を得ました」

「ジョージ、ありがとう。当てがあるの？」

「僕に考えがある。この研究のコンセプトと意義、更に国家が得る利益についての資料を作って、僕が厚生官僚を中心に、必要なら総理官邸筋にも訴えて回るよ。意見交換であれば会ってくれるだろうから、彼らの知見を蓄積しよう。そこに必ずヒントとアイディアが隠されているはずなんだ」

「流石にそんなことは俺らにはできない」

二人は口をそろえて言った。

北野にこんな芸当ができるのには、もちろん訳があった。竹下《たけした》内閣以降の自民党政権の大番頭にして、細川《ほそかわ》、羽田《はた》、村山内閣までの七人の総理に仕えて官邸の主と異名を取った元内閣官房副長官の石原信雄《いしはらのぶお》のバックアップの賜物《たまもの》である。北野は、石原のことを、〝霞が関のボス〟と勝手に呼んでいた。

平成二〇（二〇〇八）年十一月、村山から「北野君、僕に何か君のお役に立てることはないか」と問われたときに、石原の紹介を願い出た。

石原は、「私が知る政治家の中で、最も尊敬するのは村山総理だ」と公言して憚《はばか》らぬほど村山の人格に心酔していた。村山の人柄と私心無く国家に尽くす姿勢に感銘を受けたからだという。

北野は石原に是非とも聞きたいことがあったのだ。つまり、政治理念や政策が悉《ことごと》く異なる内閣を支えるためのチーム編成や、その組織統治の極意についてである。「筋を通すことが肝要だ」と諭すように発した石原の含蓄ある一言が、深く胸に響いた。

その出会い以降、石原は、北野が望む霞が関人脈を惜しみなく紹介してくれた。北野も一人ひとりと真摯《しんし》に付き合うことになり、官僚との輪は十数年間で百人を数えるまでに広がった。良縁は良縁に発展し、心ある人と交わることでさらに好結果をもたらすと実感していた。

「得られた知見を整理してからお二人に説明しますので、コロナ対策の補正予算で組まれた事業の中から我々の研究と親和性が高い公募に応募してください。それが採択される前提で、見切り発車で構わないので、お二人が親しい医学界のスーパースターをスカウトしてタスクフォースを組み上げたらいかがでしょうか。専用のホームページは、親しい経営者に頼みますよ」

「北野さん、タスクフォースの名称はもう考えているんですよ。『コロナ制圧タスクフォース』です」

「いいじゃないですか。それでいきましょう」

「本格的になってきましたね」と金井が呟くと、小川は、「こいつ面白い奴でしょ。なんとなくだけど、やれそうな感じがしてきたでしょ」と返す。

「医学界のスーパースター集団で『コロナ制圧タスクフォース』のオンライン記者会見を計画しましょう。メディアは、僕が手配します。この規模のタスクフォースが立ち上がれば、科学界に大きな衝撃が走るでしょうし、なにより国民を励ますことになりますよ」

「そうなるといいな。でも、何から何までジョージにおんぶに抱っこになって、申し訳ないな」

「北野さん、夢のような話だけど、無理してないですか」

「当然無理しています。でも、公に尽くすプロジェクトですから、これくらいの目標設定にしましょう。必ず成果を出してみせます」

6

それからの一か月というもの、北野は連日、小川と金井とのオンライン会議に加わった。期待と不安が交互に押し寄せる毎日だったが、三人はめげることなく辛抱強く計画に取り組んだ。

一方、新型コロナ感染患者数は増加の一途をたどり、医療の最前線での厳しく生々しい映像が流れ続けるゴールデンウィークの真只中《まっただなか》、緊急事態宣言が五月末まで延長される決定が発表され、否が応でも国民の緊張は高まり続けた。

連休が明けて暫くたった頃、北野のケータイに金井から電話が入った。

「北野さん、やりましたよ。我々の応募が採択されたんです」

「本当ですか。凄《すご》いことじゃないですか。偉そうなことを言ったかと、内心びくびくしていたんですよ。小川は知ってるんですか」

「小川さんには、北野さんから連絡してください。その方が、彼は喜びますから」

「分かりました。じゃあ、僕から一報します。あいつ、喜ぶでしょうね」

この日からの一週間は、寝る間を惜しむほどの忙しさだった。北野は、メディア各社に、コロナ禍真只中でタスクフォースが立ち上がったことの意義とその斬新《ざんしん》性や期待値など、大局を俯瞰《ふかん》したテーマ設定で報道してもらえるようお願いを続けた。

一方で、小川は、幾つもの研究論文の締切りに追われる中、客員教授を務めるスウェーデンのカロリンスカ研究所との昼夜逆転のオンライン会議にも参加していた。

金井も、慶應では大所帯の消化器内科教授としての日常の業務と研究、更には外来診療もこなしながら、『コロナ制圧タスクフォース』の研究統括責任者としてオンライン・プレス発表に向けた慶應学内の調整事と主要メンバーとの打ち合わせに余念がなかった。

五月二十一日早朝、北野のケータイが鳴った。同郷の親友で株式会社アセンド代表取締役社長の佐藤博《さとうひろし》からだった。

佐藤は『コロナ制圧タスクフォース』のホームページを無報酬で引き受けてくれたばかりか、部下の藤崎洋一《ふじさきよういち》は、連休返上の突貫作業で記者会見までに完成させた。

「北野、おはよう」

「おはよう。どうしたこんな朝早く」

「何言ってんだよ。『ＮＨＫニュースおはよう日本』でタスクフォースが報道されていたぞ。凄いことになったな」

「そうか。今日のオハニチで取り上げられる可能性があるとは聞いていたんだけど、報道されたのか。それはありがたい」

「今晩記者発表だよな。さすがＮＨＫ、一足お先にだな」

「お蔭で弾みがつくよ。今夜の『報道ステーション』で流れるといいんだがなぁ」

オンライン・プレス発表が始まった。会場は、慶應大学医学部の大会議室。出席者は、小川教授をはじめ、東京医科歯科大学、大阪大学、北里大学、国立国際医療研究センターなどから錚々たる顔ぶれである。小川と金井の計らいで、北野も参加を許された。

統括責任者の金井教授の顔は晴れやかで、堂々たるものだ。プロジェクト参加メンバーの紹介から始まり、立ち上げの経緯、研究目標、期待できる研究の成果など一通り説明した後で活発な質疑が続き、概ね一時間半のプレス発表となった。

オンライン・プレス発表が終わるとすぐに小川から北野に電話が入った。

「ご苦労さん。いいプレス発表だったね。ジョージのお蔭だよ。ありがとう」

「いやいや、とんでもない。しかし、あれだけの研究者集団を良くぞまとめたよ。苦労しただろ。小川が最後に発言した、『公的資金を使って収集した検体データは、国家資産なので、より多くの知見が得られるようあらゆる研究者にオープンに提供する』は筋が通っていて良かった。我々のプロジェクトを採択してくれたＡＭＥＤ（国立研究開発法人日本医療研究開発機構）の担当者も喜ぶと思うな。とにかくおつかれさま」

「今夜くらいはゆっくり休もう」

暫く経った午後九時五十四分、テレビ朝日の『報道ステーション』がスタートした。新型コロナウイルス関連の報道は一段落して、違う話題に移ってしまった。十一時近くになり諦めかけていたその時、報ステの横地《よこち》明子《あきこ》デスクから北野に電話が入った。

『報道できなくてごめんなさい』との残念な報告だろう。仕方ないさ、彼女の努力も労《ねぎら》おう。

「北野さん、お待たせしましたぁ。タスクフォースのニュースを五分後に流します」

「ほんとぉー？　横地さん、ありがとう！」

北野は慌てて、金井と小川のケータイを鳴らした。

「金井さん、今から報ステで流れますよ」とだけ伝えると、「本当ですか、今見ています」と答えた。小川は「期待以上のご褒美だね。とにかく見るよ。ありがとう」と緊張感の中で三人は盛り上がった。

北野と小川はそれぞれ自宅で、金井は教授室でテレビ画面を食い入るように見た。北野はえも言われぬ充実感に包まれ、今日だけは睡魔に抗《あらが》わなくともいいと思った瞬間、深い眠りに落ちた。

知的資産といえば、多くの友人、知己に恵まれたことが、北野にとってどれほど強運だったか計り知れないが、部下たちの存在も胸に刻んでおかなければならないと、しみじみ思わずにはいられない。

田窪徹（取締役技術部長）、渋川昌樹（技術部・サポート担当）、山田祐介（営業部長）についてはすでに触れたが、令和二年四月現在のイーパーセルの社員を記しておく。

△根岸卓子（技術部・品質管理担当）、大東京火災海上保険時代の知人からの紹介で平成十七年入社。マーケティングや商品開発を担当していたが、品質管理に向いていることを田窪が見抜いた。△小林知洋（技術部・運用担当）ヘッドハンティング会社の紹介で平成十九年入社。サーバー運用のエキスパート。△青木朝子（管理部・経理担当）東京外語大を卒業後外資系銀行の勤務経験を有しており、友人からの紹介を得て経理担当として強引に口説いた。平成十八年入社。△譲原久美（管理部・秘書総務担当）平成二十八年入社。有能な秘書として北野をフォローする。

解説　無私を貫き今日を全力で生きよ――高杉良のラストメッセージ――

加《か》藤《とう》正《まさ》文《ふみ》
（神戸新聞文化部長兼論説委員）

「企業小説はさすがにこれで最後」。文庫への増補作業を終えた際の高杉良（八一）の言葉が頭から離れない。作家生活四五年で生み出した小説は八〇作以上。この希望に満ち、覇気にあふれたベンチャー企業経営者の物語は、経済小説の分野に新たな地平を切り開いた作家人生の掉尾《とうび》を飾るにふさわしい。

　あらためて本作品を読むと、魅力的な人物造形や臨場感あふれる会話劇、小気味よい場面展開など高杉作品のエッセンスが高い純度で凝縮されていることに気付く。あちこちの場面でかつての名作のはらむ熱気が思い出される。

「ＩＴベンチャー小説」「Ｇｏｏｇｌｅに勝った男」といった宣伝文句が単行本時の帯にあったが、本作は最先端のカリスマ経営者が格好良く動き回るサクセスストーリーではない。「無私」を自らに言い聞かせながらきょう一日を全力で生きてきた一人の青年の成長物語に仕上がっている。

面目躍如の行動力

二〇一七年四月、高杉は東京・浜田山の自宅で新聞を広げていた。「リーダーの素顔」というインタビュー記事が紹介する人物は、ＩＴベンチャー、イーパーセル（東京）の社長、北野譲治だ。見出しは「データ〝宅配〟／世界標準技術／大企業にＰＲ」。記事で北野はこう話す。「イーパーセルとは『電子的な小包』という意味です。「インターネットという不安定なインフラ上で電子ファイルを安全・確実に配送するという、ネット上の国際物流ともいえる事業です。電子メールでは一定以上の大容量のデータは送れないし、確実に届くか何の保証もない。製造業であれば、新製品のデザインや設計図など極めて機密性の高いデータをネット環境が劣悪な海外拠点などにも配送することができます」（産経新聞二〇一七年四月一六日付朝刊）

原稿は手書きでふだんパソコンを触らない高杉にとってＩＴはそもそも得意なテーマではない。体調も気にかかる。しかし記事を読むにつれ「いける」と直感し、すぐに自分で会社に電話をかけ、数日後に本人に会う。三度の飯より取材が好きという作家の面目躍如の行動力だ。

「北野さんに会って話を聞いていたら、『これは書かざるを得ない』『本当にこれが最後だ』と思うようになりました。幼いころから恐怖心より好奇心が勝っていましたが、今回も同じです」「これほど魅力を感じた人はいません。これまで記者や作家として多くの人に取材してきましたが、その中でも五指に入る人物ではないかと思います」

（週刊ダイヤモンド二〇一九年三月二三日号）

夢とロマンを追って

北野は岡山県に生まれ、両親の愛情に包まれて育つ。早大理工学部で建築を学んだ後、サラリーマンとして就職せず、起業をめざして損保の契約社員になる。その損保に起業家を目指す学生を支援するアントレプレナー制度があったのだ。目覚ましい活躍で資金を貯め、一九九一年、二八歳で保険商品を仲介する会社を設立。成功を収めた後、二〇〇〇年、三七歳のとき米国でデータ宅配を手掛けるイーパーセル社の創業者と知り合う。そこで「巨大な電子物流市場を一緒に創出しよう」と強力にスカウトされる。

北野は思い悩む。信頼する先輩や友人に相談した末に受諾を決める。契約社員、保険ディーラーという助走期間にピリオドを打つ瞬間だ。

〈前進が伴わなければ、転機、転職の意味はない。俺の人生に停滞、後退などあってはならないのだ。電子物流市場を〝データ・宅配〟ではないかとおぼろげながら考えていた。取引先、マーケットは限りなく拡大していく可能性を蔵している。イーパーセルを日本に根付かせることには夢があり、ロマンもあると考えたからこそ、ノーをイエースに変えたのだ〉

三顧の礼で経営のパートナーとして迎え入れられるはずが、予想外の扱いをされる。強烈な個性をもつ独裁的な創業者とのあつれきが生じ、経営の方向性がおかしくなる。しかし「雨にも負けず」の北野はくじけない。コツコツと営業に打ち込み、社長に就いて再建に取り組む。

白眉《はくび》は二〇一一年、グーグルやヤフーといった巨大ＩＴ企業など一三社を相手に米国で特許侵害訴訟を起こした場面だ。北野の言葉が力強い。

〈「イーパーセルの技術は、世界経済を牽引する名だたるトップ企業が採用している世界標準技術だと証明できるでしょう。そうすれば、独自技術よりも世界標準技術を持って来いと、僕らに厳しい注文ばかり突きつける日本の大企業が採用し始めると思うんです。訴訟相手から受け取るライセンスフィーを目的とするのではなく、特許技術をライセンスしたという実績を勝ち取ることを目指そうと思います」〉

二〇一九年刊の単行本版とこの文庫版を比べると、北野の尊敬する人物がより丁寧に描かれていることに気付く。歴代首相の指南役と呼ばれた四元義隆（「雨ニモマケズ」は四元がこよなく愛した詩）、元首相の村山富市、元内閣官房副長官石原信雄、元日本経済団体連合会会長奥田碩だ。北野の意を汲《く》んだ高杉の配慮にほかならないが、それぞれの言葉が重要な場面で生きている。

　私心をすべて捨て去り、人々と正直、誠実に向き合い、筋を通す。あり得ないことを考え続けてイノベーション（技術革新）を起こせ――。絶えずこれを反芻し、人生と経営に生かしていくひたむきな姿は全編に流れる主題にほかならない。

　二〇二〇年、新型コロナウイルスが世界を覆った。北野は親友の京大医学部教授小川誠司らが取り組むコロナ制圧タスクフォースに協力する。謎の多いウイルスを遺伝子レベルで解析するプロジェクトだ。北野は先の石原の縁で広げてきた官僚人脈を駆使して小川たちのプロジェクトが政府のバックアップを得られるように尽力するのだ。

　単行本のまま終わらせず、同時代の動きまで盛り込もうとしたところに、アルチザン（職人）作家としての執念を感じる。

ベンチャーへの共感

　経済小説の巨匠とされる高杉の作品群は多彩だ。業種も銀行、証券、化学、機械、電機、百貨店、アパレル、食品、商社、メディア……と実に幅広い。大別すると以下の三つになる。まずは「実名小説」の系譜だ。取材対象と自身が交流しているだけに作品には肉声とともに独特の熱気があふれる。日本触媒の創業者の八谷泰造が主人公の『炎の経営者』、東洋水産創業者の森和夫の『燃ゆるとき』、ＪＴＢで新商品を次々開発した大東敏治の『組織に埋もれず』など数々の名作がそろう。本作もこの系譜に連なる。

第二は「モデル小説」だ。特定の人物や企業を連想させる設定でその時代の出来事が絡む。自動車労組のトップの実像に迫った『破滅への疾走』、経済誌主幹の暗部をえぐった『首魁の宴』、消費者金融の世界に切り込んだ『欲望産業』……。現実にあったあの出来事、あの人物のリアリティーが浮かぶ。第三は「同時代小説」といえる分野だ。バブル崩壊後の日本社会の変容と行き過ぎた市場原理主義に対する危機感がくっきりと表れる。シリーズ『金融腐蝕列島』はその代表格だ。

とりわけ高杉が心を寄せるのがベンチャー企業の経営者だ。前述の『炎の経営者』の八谷も『燃ゆるとき』の森もいまでこそ大企業だが、当初は高い志を抱くベンチャー企業だった。またＩＨＩ（石川島播磨重工業）から八〇人ものシステムエンジニアが一斉退社し、ベンチャー企業「コスモ・エイティ」を立ち上げる物語『起業闘争』も独特の熱気があった。

実名小説の主人公になった経営者たちについて高杉は「皆、人に勇気を湧かせる熱いドラマをその人生に秘めていた人ばかりです。それが、私の小説執筆の原動力でもありました」と述懐している（『男の貌《かお》』）。本作もこれに当てはまる。北野の生き方は人生の応援歌として私たちに勇気を与えてくれるだろう。

勁さと優しさ

高杉は近年見舞われた肝臓がんや前立腺肥大に加え、加齢黄斑変性で視力が落ち、妻の献身的なサポートで日々の生活や執筆が続く。

「経済小説の成否の鍵は取材力に基づくリアリティーだと公言してきた。僕の場合、取材が七で執筆が三。つまり取材が終わった段階で七割方できているわけですよ。しかし加齢とともにそれができなくなったのです」

これまでの超人的な仕事ぶりを見てきた立場からはまた次の作品もあるだろうと考えてしまう。少年時代に児童養護施設で過ごした日々を描いた『めぐみ園の夏』（二〇一七年）や業界紙記者時代の活躍を二〇年五月まで小説新潮で連載した「破天荒」のように、非凡な記憶力を生かした自伝的作品は今後も出てくるだろう。

しかし、高杉ワールドの真骨頂である旺盛でチャレンジングな取材を基に、虚と実の皮膜を自在に行き来する作品（『金融腐蝕列島』『欲望産業』『濁流』『労働貴族』…

…）はもう出てこない。これは一時代の終焉といってよい。

それだけに「最後」と銘打たれた本作には格別の味わいがある。高杉がリーダーの資質として挙げる「勁《つよ》さと優しさ」を併せ持ち、時代を切り開こうとする気概のある経営者をモデルに得た。コロナの感染拡大で先行き不透明な中、文庫として刊行される『雨にも負けず』は人と経済を見据えた作家のラストメッセージといえるだろう。

（敬称略）

参考・引用文献
高杉良『男の貌　私の出会った経営者たち』（二〇一三年、新潮新書）
山陽新聞、産経新聞、読売新聞、神戸新聞、週刊現代、週刊ダイヤモンド

本書は、二〇一九年三月に小社より刊行された
単行本を加筆修正のうえ、文庫化したものです。

雨《あめ》にも負《ま》けず

IT《アイテイ》ベンチャー奮闘記《ふんとうき》

高杉《たかすぎ》良《りょう》

令和２年 10月25日　初版発行
令和６年 11月25日　４版発行

発行者●山下直久

発行●株式会社KADOKAWA
〒102-8177　東京都千代田区富士見2-13-3
電話　0570-002-301（ナビダイヤル）

角川文庫 22382

印刷所●株式会社KADOKAWA
製本所●株式会社KADOKAWA

表紙画●和田三造

●お問い合わせ
https://www.kadokawa.co.jp/（「お問い合わせ」へお進みください）
※内容によっては、お答えできない場合があります。
※サポートは日本国内のみとさせていただきます。
※Japanese text only

ISBN 978-4-04-109615-4　C0193

角川文庫発刊に際して

角川源義

第二次世界大戦の敗北は、軍事力の敗北であった以上に、私たちの若い文化力の敗退であった。私たちの文化が戦争に対して如何に無力であり、単なるあだ花に過ぎなかったかを、私たちは身を以て体験し痛感した。西洋近代文化の摂取にとって、明治以後八十年の歳月は決して短かすぎたとは言えない。にもかかわらず、近代文化の伝統を確立し、自由な批判と柔軟な良識に富む文化層として自らを形成することに私たちは失敗して来た。そしてこれは、各層への文化の普及滲透を任務とする出版人の責任でもあった。

一九四五年以来、私たちは再び振出しに戻り、第一歩から踏み出すことを余儀なくされた。これは大きな不幸ではあるが、反面、これまでの混沌・未熟・歪曲の中にあった我が国の文化に秩序と確たる基礎を齎らすためには絶好の機会でもある。角川書店は、このような祖国の文化的危機にあたり、微力をも顧みず再建の礎石たるべき抱負と決意とをもって出発したが、ここに創立以来の念願を果すべく角川文庫を発刊する。これまで刊行されたあらゆる全集叢書文庫類の長所と短所とを検討し、古今東西の不朽の典籍を、良心的編集のもとに、廉価に、そして書架にふさわしい美本として、多くのひとびとに提供しようとする。しかし私たちは徒らに百科全書的な知識のジレッタントを作ることを目的とせず、あくまで祖国の文化に秩序と再建への道を示し、この文庫を角川書店の栄ある事業として、今後永久に継続発展せしめ、学芸と教養との殿堂として大成せんことを期したい。多くの読書子の愛情ある忠言と支持とによって、この希望と抱負とを完遂せしめられんことを願う。

一九四九年五月三日

角川文庫ベストセラー

金融腐蝕列島 (上)(下)　高杉　良

大手都銀・協立銀行の竹中治夫は、本店総務部へ異動になった。総会屋対策の担当だった。組織の論理の前に、心ならずも不正融資に手を貸す竹中。相次ぐ金融不祥事に、銀行の暗部にメスを入れた長編経済小説。

勇気凜々　高杉　良

放送局の型破り営業マン、武田光司は、サラリーマン生活にあきたらず、会社を興す。信用を得た大手スーパー・イトーヨーカ堂の成長と共に、見事にベンチャー企業を育て上げた男のロマンを描く経済小説。

呪縛 (上)(下)
金融腐蝕列島Ⅱ　高杉　良

金融不祥事が明るみに出た大手都銀。強制捜査、逮捕への不安、上層部の葛藤が渦巻く。自らの誇りを賭け、銀行の健全化と再生のために、ミドルたちは組織の呪縛にどう立ち向かうのか。衝撃の経済小説。

再生 (上)(下)
続・金融腐蝕列島　高杉　良

金融不祥事で危機に陥った協立銀行。不良債権の回収と処理に奔走する竹中は、住宅管理機構との対応を命じられ、新たな不良債権に関わる。社外からの攻撃と銀行の論理の狭間で苦悩するミドルの姿を描く長編。

青年社長 (上)(下)　高杉　良

父の会社の倒産、母の病死を乗り越え、幼い頃からの夢だった「社長」になるため、渡邉美樹は不屈の闘志で資金を集め、弱冠24歳にして外食産業に乗り出す。「和民」創業を実名で描く、爽快なビジネス小説。

角川文庫ベストセラー

角川文庫ベストセラー

クレイジーボーイズ　楡　周平

世界のエネルギー事情を一変させる画期的な発明を成し遂げた父が謀殺された。特許権の継承者である息子の哲治は、絶体絶命の危地に追い込まれるが……時代の最先端を疾走する超絶エンタテインメント。

スリーパー　楡　周平

殺人罪で米国の刑務所に服役する由良は、任務と引き替えに出獄、ＣＩＡのスリーパー（秘密工作員）となる。海外で活動する由良のもとに、沖縄でのミサイルテロの情報が……著者渾身の国際謀略長編！

ミッション建国　楡　周平

若き与党青年局長の甲斐孝輔は、日本の最大の問題は少子化だと考えていた。若い官僚や政治家と組んで勉強会を立ち上げた甲斐だったが、重鎮から圧力がかかり……日本の将来を見据え未来に光を灯す政治小説。

骨の記憶　楡　周平

貧しい家に生まれた一郎。集団就職のため東京に行った矢先、人違いで死亡記事が出てしまう。一郎は全てを捨てるため、焼死した他人に成り変わることに。運送業で成功するも、過去の呪縛から逃れられず――。

ドッグファイト　楡　周平

物流の雄、コンゴウ陸送経営企画部の郡司は、入社18年目にして営業部へ転属した。担当となったネット通販大手スイフトの合理的すぎる経営方針に反抗心を抱き、新企画を立ち上げ打倒スイフトへと動き出す。

角川文庫ベストセラー